空中惊魂系列

无助飞行

聚焦旷世劫难　破译轰动全球的空难真相

北京大陆桥文化传媒◎编译

重庆出版集团　重庆出版社

图书在版编目(CIP)数据

无助飞行 / 北京大陆桥文化传媒编译. —重庆：重庆出版社, 2008.6
（高空惊魂系列）
ISBN 978-7-5366-9723-2

Ⅰ.无… Ⅱ.北… Ⅲ.飞行事故—世界—普及读物 Ⅳ.V328.2-49

中国版本图书馆 CIP 数据核字（2008）第 064364 号

无助飞行
WUZHU FEIXING
北京大陆桥文化传媒　编译

出 版 人：罗小卫
策　　划：刘玲丽
撰　　稿：马巧云
责任编辑：饶　亚　何　晶
责任校对：李小君
封面设计：天下装帧设计

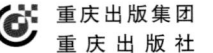
重庆出版集团　出版
重庆出版社

重庆长江二路 205 号　邮政编码：400016　http://www.cqph.com
北京大陆桥时代出版物有限公司制作
自贡新华印刷厂印刷
重庆出版集团图书发行有限公司发行
E-MAIL:fxchu@cqph.com　邮购电话：023-68809452
全国新华书店经销

开本：720mm×1 000mm　1/16　印张：13　字数：216 千
2008 年 6 月第 1 版　2008 年 6 月第 1 次印刷
ISBN 978-7-5366-9723-2
定价：28.00 元

如有印装质量问题，请向本集团图书发行有限公司调换：023-68809955 转 8005

版权所有　侵权必究

前 言

绰号"冰王子"的荷兰球星博格坎普是许多球迷眼中的偶像,他英俊冷酷的外形和出神入化的球技吸引了万千球迷。但博格坎普还有个绰号叫"不会飞的荷兰人",他1994年后就拒绝乘坐飞机出行,尽管有时会因此缺席重大比赛。博格坎普的"恐飞症"起因是1994年美国世界杯后荷兰队回国时飞机误点,后来有人告诉他原因是有恐怖分子声称要炸掉飞机。再加上1988年一批荷兰青年队队友因飞机失事遇难(他本人因为阿贾克斯拒绝放人逃过一劫),此后博格坎普再也不敢乘坐飞机。

和博格坎普一样,许多人对飞行有着根深蒂固的恐惧。有时,自由翱翔蓝天的代价也许就是最终无助地扑向大地。自从莱特兄弟发明飞机,人类得以真正俯视眼中的世界,广阔天地前所未有的变成小小的"地球村"。20世纪以来,飞速发展的商业航空在带来快捷便利的同时,形形色色的空难事故也成为旅行者挥之不去的可怕阴影。犹如"阿喀琉斯之踵",安全因素一直是制约商业航空的命门。

在人类已经成功探索火星的今天,空难仍然是无法解决的顽症。尽管人们绞尽脑汁提高安全性,但空难事故仍然时有发生,从未真正得到解决。可以这样说,一部商业航空的发展史,就是一部商业航空的空难史。如果仔细分析原因,大多数的空难事故都可以归结为人为因素,正是飞行员不断犯下错误才导致了悲剧的诞生。一块仅价值几美分的胶布就断送了70人的性命;一位有30年飞行经验的老飞行员竟然把飞机开到了高山峻岭之间;明知前方风雨交加,机长还是选择与暴雨赛跑,最终命丧黄泉;飞机耗尽最后一滴燃油不得不紧急迫降时,驾驶员还认为是电脑出现了错误……凡此种种,看似微不足道的失误最终酿成机毁人亡的惨剧。回顾这些悲惨的事故,在心灵震撼的同时,所有人都会感到困惑和不可思议。

本书以世界航空史上最具代表性的6个真实空难案例为蓝本,以艺术手法再现一幕幕惊心动魄的场景,揭示了空难背后不为人知的真实原因。书中所有场景描写和事故调查都有真实资料支持,是一部写在纸上的惊悚灾难纪录片。当我们穿透死亡的迷雾看清真相时,生命的意义才会真正变得清晰。人的生命只有一次,是最为宝贵的财富。祝愿所有的人们都幸福平安,祝愿蓝天之上永无灾难的阴霾。

大陆桥文化传媒

2008年3月

目 录

1 第一章 迷失纽约

从舷窗望出去，天气非常好，阳光充足，万里无云。想到晚上就可以到达目的地，乘客们心中充满喜悦。眼看就要到目的地了，天气却突然变了。狂风夹杂着暴雨，雷电齐鸣。许多本该降落的飞机只好在空中盘旋等待，宝贵的储备燃油就这样慢慢被消耗掉……

1. 糟糕的天气 /4
2. 无助的等待 /14
3. 被迫降落 /20
4. 圣母的哭泣 /26

35 第二章 空中迷航

圣诞节来临前，整个美国都处在一种略带慌乱的巨大喜悦中。人们都在为这个一年中最重要的节日做准备。有的人为家人买礼物，有的人忙着计划与亲人团聚。然而，许多回家团聚的人却乘上了通向死亡之路的航班……

1. 圣诞节前夕 /38
2. 迷途的飞机 /48
3. 冲向山峰 /56
4. 悲惨的结局 /66

71 第三章 穿越雷暴

在夏季，美国南部诸州的天气变化特别剧烈，恶劣天气是家常便饭。1999年6月1日，一架喷气式客机从达拉斯起飞，试图在强烈雷暴中降落。带着巨大的呼啸冲破风雨，像一只离弦的箭扑向大地……

1. 与暴风雨赛跑 /74
2. 危险的降落 /82
3. 雨夜大营救 /90
4. 血的教训 /98

105

第四章 致命失控

飞机一会儿工夫就升到了10000多米,而且还在继续升高,很快就已经超出了它的限定高度12000多米。一眼看去,机舱里什么也看不见,窗户上全是厚厚的冰层。汉密尔顿少校心情非常复杂,眼睁睁地看着这架载着死人的飞机继续飞行……

1. 球星的旅行 /108
2. 失控的飞机 /118
3. 事故调查 /128
4. 没有答案的结局 /134

139

第五章 无助飞行

2001年8月23日,一架空中客车从多伦多起飞,前往里斯本。在飞越大西洋的途中耗尽了燃油。关键时刻,飞行员必须马上下最后的决心。银色的客机放下起落架冲向跑道,飞行员嘴里发出了祈祷声:愿上帝保佑……

1. 奇迹生还 /142
2. 怪异的油量 /150
3. 失去动力 /156
4. 紧急降落 /164
5. 无奈的英雄 /170

175

第六章 盲目飞行

1996年10月2日,一架波音707客机从秘鲁首都利马飞往智利的首都圣地亚哥,突然失去控制,飞机机载电脑的数据出现混乱,自动驾驶系统也不能工作,两位驾驶员只能被迫进入盲飞状态。经过30分钟的可怕飞行后,这架飞机一头扎进了太平洋……

1. 发疯的飞机 /178
2. 致命失误 /184
3. 坠毁 /190
4. 小零件大悲剧 /198

从舷窗望出去，天气非常好，阳光充足，万里无云。想到晚上就可以到达目的地，乘客们心中充满喜悦。眼看就要到目的地了，天气却突然变了。狂风夹杂着暴雨，雷电齐鸣。许多本该降落的飞机只好在空中盘旋等待，宝贵的储备燃油就这样慢慢被消耗掉……

第一章
迷失纽约

引 子

哥伦比亚国家航空公司一架波音707飞机即将起飞,在这架哥伦比亚飞往美国的飞机上,几名秘密运送海洛因毒品的人混进了乘客之中。美国的毒品市场需求量非常巨大,毒品市场蕴涵着丰厚利润。贩毒组织往往不择手段,采用各种办法和渠道运送毒品。

此次航班的机长有27年工作经验,是哥伦比亚航空公司资深飞行员。他经验丰富,性格沉稳,除英语不太熟练之外,是一位优秀飞机驾驶员。为顺利执行飞往美国的国际航班,公司为他配了一名谙熟英语的副驾驶。航空公司认为,资深机长加上英语通话能力强的副驾驶,属于强强搭配的机组。然而,就是这种看上去的"强强搭配",酿成了航空史上一次悲惨事件。事实是,当飞机遭遇特殊的危急情况,说西班牙语的机长无法用英语与地面指挥中心正常交流,副驾驶虽然精通英语,但经验欠缺使他无法正确处理危机。

航班抵达美国纽约机场上空后,由于排队等待降落,飞机的燃油渐渐消耗殆尽。当机组成员发现情况不对时,机长对机场发出了要求"优先权"的请求。在西班牙语中,"优先权"意味着情况紧急,必须第一时间处理,但在英语中,"优先权"的紧迫程度小于"紧急状况"。正是这样对一句话的不同理解,最终造成了机毁人亡的悲剧。

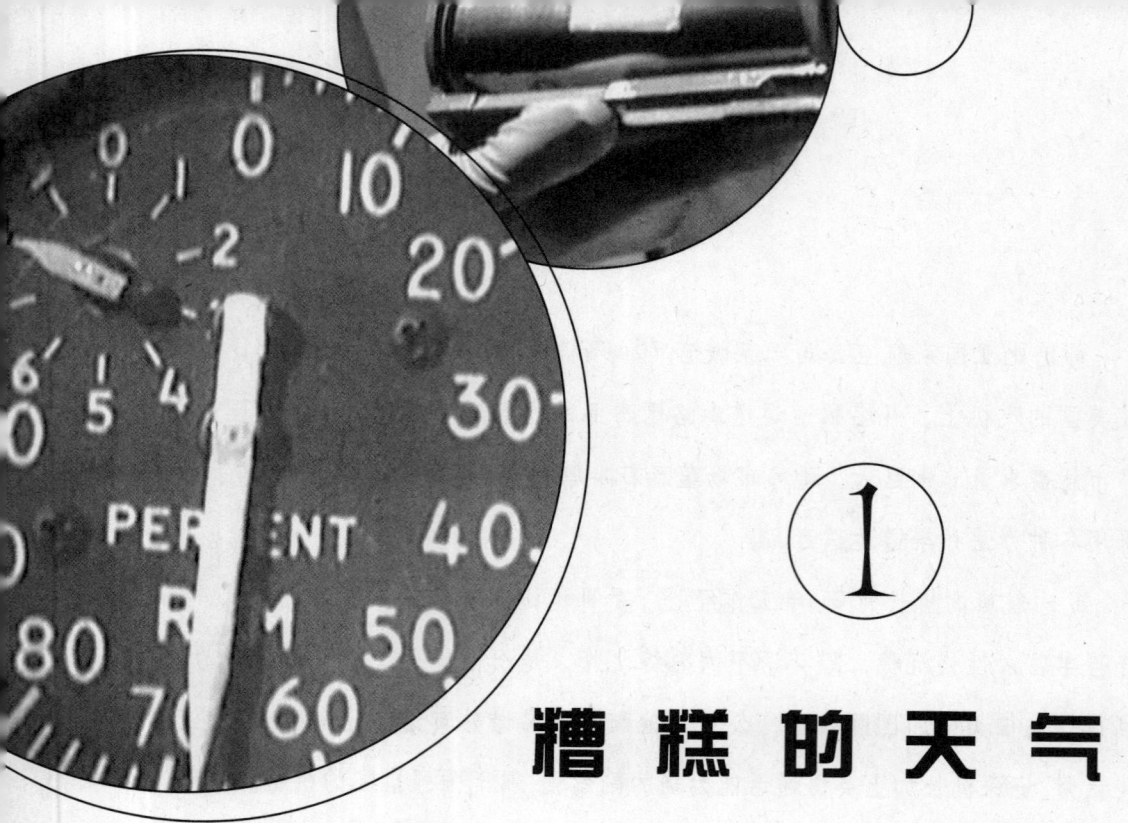

1 糟糕的天气

1990年1月25日，在波哥大待了一周的时间，纽约商人内斯特·扎拉特已经急不可耐地想回美国。作为公司主管业务的总经理，他不能离开太久。哥伦比亚真是神奇，内斯特·扎拉特几乎快爱上了这个国家。此地充满拉丁风情，生活节奏缓慢悠闲，最适宜度假放松。可惜，眼下的内斯特·扎拉特没有这个闲情逸致，今天，他要乘坐最早的班机赶回纽约，家里还有一大堆事情在等着他。不过内斯特·扎拉特心情并不坏，他今天刚刚谈妥了一笔大生意，争取到一笔可以赚取几十万美金的订单。

刚过正午，票务中心的电话来了。电话中，票务公司告诉内斯特·扎拉特他运气很好，因为他们刚刚替他买到了一张直飞纽约的机票。确实是个好消息，虽然这趟班机还要中途在麦德林经停。飞机起飞时间是下午三点，内斯特·扎拉特不敢怠慢，马上开始收拾行李。办好退房手续，回家心切的内斯特·扎拉特坐上出租车，向着机场奔去。

从车窗望出去，天气非常好，阳光充足，万里无云。想到晚上就可以回到家中，内斯特·扎拉特心中充满喜悦。

外科医生乔治·蒙托亚和妻子路易斯带着两个年幼的女儿，从哥伦比亚返回纽

◎内斯特·扎拉特几乎爱上了这个适宜度假的哥伦比亚

约。乔治·蒙托亚是哥伦比亚人，目前居住在纽约。在美国的医学院读完大学后，成绩优异的乔治·蒙托亚进入了纽约一家医院做见习医生。三年后，他成功留在这家著名医疗机构，成为一名正式的外科医生。圣诞节前，蒙托亚带着妻子和孩子返回祖国探亲。他们看望了父母，会见了朋友，还去一些旅游景点逛了逛。孩子都出生在美国，蒙托亚希望她们多了解自己的祖国，不要忘记自己也是哥伦比亚人。就在昨天，他们刚刚从麦德林市归来。一家四口去了著名的麦德林圣地，拜祭了圣母玛丽亚。在

◎圣母玛丽亚教堂,蒙托亚带孩子们去了著名的麦德林圣地,拜祭了圣母玛丽亚

◎黄昏时分的纽约。一想到晚上就可回到纽约,内斯特·扎拉特心中充满喜悦

哥伦比亚，90%的人口是罗马天主教徒，信奉圣母玛丽亚，而12月的麦德林是拉美最漂亮的城市。一年一度的麦德林灯火节非常引人入胜，为了赞颂圣母玛丽亚的功德，主要街道、观光点甚至河流都沐浴在多彩的灯光中。

内斯特·扎拉特和乔治·蒙托亚素不相识，但他们都是哥航052号航班的乘客，从哥伦比亚返回纽约。

1990年1月25日下午2点，哥伦比亚国家航空公司052号航班停在波哥大机场的跑道上。机长劳伦诺·卡维迪斯与副驾驶员莫里斯罗·克洛茨在做起飞前的准备工作，他们都是哥航的资深飞行员。尤其是机长劳伦诺·卡维迪斯，这位拥有丰富经验的老飞行员已经为哥航服务了27年时间。副驾驶员莫里斯罗·克洛茨精通英语，可以为英语不太灵光的机长担任翻译工作。毕竟，哥伦比亚至美国的航线上，英语是必须用到的语言。

◎哥航052号航班正在等待乘客登机

◎执行052航班任务的波音707冲上蓝天，向着纽约飞去

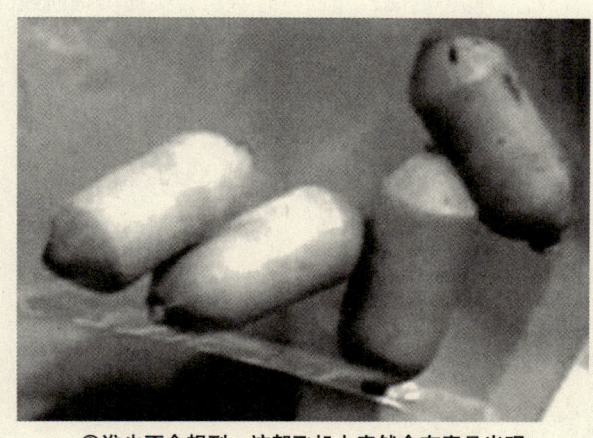
◎谁也不会想到：这架飞机上竟然会有毒品出现

2点05分，执行052号航班任务的波音707飞机顺利起飞，向麦德林机场飞去。一个小时后，飞机降落麦德林机场。航班一边等待乘客登机，一边补充燃油，随机工程师马西斯·莫亚诺监控着加油情况。此时飞机本身剩有约31500千克燃油，还要再添加6000多千克。国际航班路途遥远，飞机要携带足够燃料。近40000

千克的燃油足够飞到纽约，甚至飞机还可以多飞一个小时的时间。机场附近天气很好，加油也一切顺利。下午三点钟刚过，当所有乘客都登机后，哥航052号航班滑向机场11号跑道，载着185名乘客和机组人员向北飞向了纽约。

内斯特·扎拉特看到，在麦德林乘坐哥航052号航班的大概有20多名旅客。麦德林这座城市他以前没有去过，但关于麦德林黑帮的事情却早有耳闻。

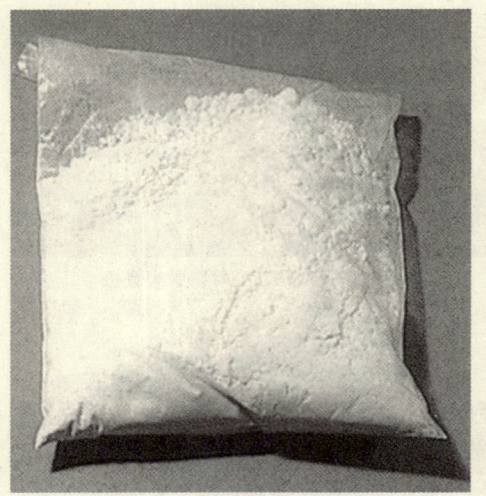

◎在这架飞机上，5名"毒品骡子"每人都携带了一大袋可卡因

麦德林市几乎是哥伦比亚最重要的城市，她同时拥有春城、咖啡地带、死亡之谷、毒品之都、蝙蝠之城等别称。这是一个无法用几句话就能说清楚的地方。有的人说这里的人们热情好客，风景美丽迷人；也有人说这是世界上最大的毒品基地和黑帮大本营，令人闻之色变。麦德林集团由2万多名专业毒贩构成，活跃于拉美、美国、欧洲、澳洲甚至亚洲之间，组织之庞大，活动范围之广，是世界上其他任何犯罪集团所无法比拟的。该集团为欧美，尤其是美国的毒品市场提供大量可卡因，是美国可卡因市场的老大。黑帮贩毒的手法令人防不胜防，他们有时甚至会买通美国航线上的飞机驾驶员协助运毒，还有的则雇佣当地穷人充当人体运毒者，俗称"毒品骡子"。

内斯特·扎拉特只看到有乘客在麦德林登机，但他不会想到有大量毒品也同时上了飞机。在这架飞机上，5名"毒品骡子"每人都携带了一大袋可卡因。他们为生活所迫，只好铤而走险为黑帮卖命。如能顺利抵达交货，可以赚到一笔养家的钱，一旦发生意外，牢狱之灾就不可避免。

飞机再次从麦德林起飞，他们中没有任何一个人可以预见到，几个小时后，巨大的灾难将突然降临。

机长劳伦诺·卡维迪斯飞这条线路可谓驾轻就熟，他几乎能闭着眼飞完这条航线。副驾驶莫里斯罗·克洛茨年纪虽轻，也有10年的飞行经验，是一位好搭档。他们都是非常优秀的飞行员，经验丰富，常在麦德林和纽约之间来回，对这条航线和飞行程序都非常熟悉。按照计划，飞机将于8点钟左右抵达纽约，一切看上去都没什么异常，又是一次顺利的航程。

然而，此时美国方面却坏消息不断，恶劣的天气给纽约肯尼迪国际机场带来了大麻烦。一大片生成于五大湖地区的低压大气层正向美国东北海岸逼近，其他云层也在逐渐聚集，而且多次停留在纽约上空。整个东北部地区的气压都开始下降。

◎华盛顿空中交通控制中心正在给机场施压，希望对方能增加飞机起降数量

这种天气给航空飞行造成的威胁非常巨大，航班的正常起落成为巨大的难题。作为世界上最繁忙的机场之一，肯尼迪机场不得不采取紧急措施。他们提前通知航班做好转场的准备，有些航班也必须在空中等待命令才能降落。

◎机场工作人员无法答应控制中心的要求，因为天气恶劣，机场不堪重负

美国联邦航空局下属的华盛顿空中交通控制中心非常恼火。尽管天气恶劣,控制中心依然命令纽约肯尼迪机场保持高进场着陆率。空中运输的重要性使他们只能尽量减少延迟或取消的航班次数。但机场态度强硬,他们强调机场不可能按照控制中心的意见执行,因为恶劣的天气使得机场难以负载,无法正常起落所有航班。控制中心的工作人员麦克里德正在电话里与肯尼迪国际机场的工作人员激烈交锋。虽然都是公事公办,但两人仍然显得态度激烈,互不相让。

"戴维,每小时必须保证能有 33 架航班降落,这是纽约每个机场必须执行的底线。"麦克里德强调这是最低的底线。

"不可能。我们做不到。天气十分恶劣,几乎接近飞机安全着陆的底线。目前有数千名旅客滞留在机场。"机场的回答斩钉截铁。

"采取措施调整,我们压力巨大,有太多航班在排队等待降落。"控制员麦克里德换了商量的语气。

对方的口气也有所缓和:"最好别都放在肯尼迪机场,天气马上就会变得更糟。还有,我们无法使用十三号跑道,只能用二十二号,否则会产生冲突,风也太大,每小时降落 33 架不太可能,危险太大。"

"一小时 33 架,必须这样。不管怎样,天上的飞机必须着陆。"麦克里德又加重了语气。

"这不可能。这里马上就会有风切变,飞机着陆已经很危险了,不能再加了。"机场显得勉为其难。

"不行,每小时 33 架,就这样。"说完这句,麦克里德不等对方回答,马上挂断了电话。

控制中心没有办法,他们只能给机场施压。每分钟都有几十架国际航班抵达美国,数千名乘客正在天上等待落地。作为指挥协调的大脑,控制中心容不得半点马虎。

离纽约还有 2 小时的距离时,哥航 052 号航班机长劳伦诺·卡维迪斯收到了来自美国机场的气象信息。天气预报显示:肯尼迪国际机场能见度不到 2 千米,小雨,满天云,云底高 400 米,东南风 28 千米/小时,阵风最大 46 千米/小时。着陆备降机场波士顿罗根国际机场天气也不好:能见度不到 2 千米,小雨,满天雨层云,云底高 244 米,东南风 28 千米/小时。

"长官,天气看起来不妙。"副驾驶莫里斯罗·克洛茨皱着眉头说道。

◎乌云密布，天气非常恶劣

"是的。这个季节往往这样。"机长说完又加了一句，"也许到那里后天气会好一点。"

"但愿如此。"莫里斯罗·克洛茨耸了一下肩膀。

"飞机发动机情况如何？"机长扭头问向飞机工程师马西斯·莫亚诺。

"一切正常。长官。"马西斯·莫亚诺回答道。

"好的。"劳伦诺·卡维迪斯感到满意。

在哥航052号航班上，机长是驾驶组成员里绝对的权威。副驾驶尽管只有50个小时的波音707机型的飞行时间，但有经验丰富的机长坐镇；飞机工程师马西斯·莫亚诺主要负责飞机技术方面的保证，其中就包括油量的监测。052号航班上还有几位年轻漂亮的空中小姐，她们此刻正在为乘客准备晚餐，另外，飞机上还有总共11名孩子需要特殊照顾，乘务员的工作不轻。

◎飞机上有11名儿童，他们需要乘务员的特殊照顾

晚上6点30分，令机场工作人员感到担忧的恶劣天气还是如

约而至了。狂风夹杂着暴雨，雷电齐鸣，机场上方的多个高度均出现风切变状况。许多本该降落的飞机只好转到其他机场，有些则在空中盘旋等待。地面上也好不了多少。由于关闭了大多数跑道，众多航班不能正常起飞，滞留的乘客越来越多。这成了恶性循环，越想快点安排飞机起降，飞机等待情况越变得糟糕。可以想见，面对这种状况，机场人员当然不会对控制中心轻易让步。

毒品贩子卡雷拉斯却对这样的天气感到高兴，他觉得这是一个好兆头。晚上到达的飞机上，有他买进的大批毒品。如果这些运毒的乘客可以顺利通过安检，这些可卡因可以轻易为他带来几百万美金的收入。卡雷拉斯盘踞纽约多年，有自己固定的"势力范围"，周围几条街区都是他来提供毒品；他手下还有几十名马仔，替他送毒和收钱。一般情况下，卡雷拉斯不轻易出面，总是隐藏在幕后指挥着他的贩毒网络。

看着电视新闻上的天气报告，卡雷拉斯让身边的心腹开始行动，准备去机场接机。对毒贩子来讲，毒品交接是最重要也是最危险的环节。警察往往会在这个时刻从天而降，来一个人赃俱获的大包围。电闪雷鸣加瓢泼大雨的天气，令卡雷拉斯心中感到一些安定。这种天气下，警察的跟踪会变得越发困难。

维尔达瓦也准备从家里离开。维尔达瓦是乔治·蒙托亚的表弟，按照约定，他要去机场接这一家四口。他从车库里开出自己的白色房车，比预定时间提前了20分钟出发。毕竟天气恶劣，路上一定不会好走。想到很快就可以看到自己的表哥和一对可爱的侄女，维尔达瓦心情非常愉快。

◎机长和副驾驶搭档已久，他们都是哥航的资深飞行员，经验丰富

机长劳伦诺·卡维迪斯看了一下时间：当地时间6点30分。此时哥航052号航班进入了维吉尼亚州诺福克市上空，离纽约仅有40分钟路程。机长示意副驾驶联系控制中心，告诉对方他们已经到了。

副驾驶莫里斯罗·克洛茨英语流利，他开始呼叫华盛顿控制中心："华盛顿，哥航052号大型客机，飞行高度370。"

"这里是华盛顿控制中心，收到。有一个不好的消息，机场方面拥堵，你们需要等待一下。"空中管制员告诉航班必须等待："你们需要做360度的转弯，请准备好纸笔，记下在诺福克做空中等待的有关指令。"

"好的，请讲。"副驾驶马上准备好纸笔。

"哥航052，请前往诺福克，在南向174等待，右转，前进40千米……"管制员给出了具体的方位。

控制中心让航班盘旋等待是迫不得已，同时也是缓解飞机拥堵的有效手段。华盛顿控制中心管辖的这片地带是世界上最拥挤的空域之一。美国东海岸的这片狭长地区每天有上千架飞机经过和起落，海外航班都要通过空中交通管制员的引导，才能在纽

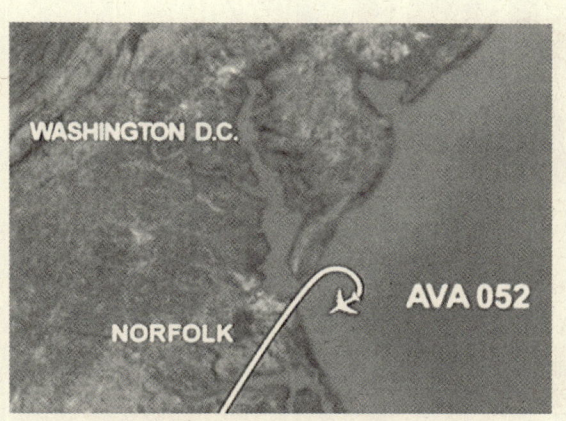

◎由于纽约机场拥堵，哥航052航班在抵达纽约前不得不在空中盘旋等待

约地区的机场着陆。恶劣天气导致大量航班拥堵，风越刮越猛，试图着陆的飞机有百分之二十都被迫复飞，机场不堪重负。作为指挥中心，管制员只好让飞机在空中排队等待。

哥航052号航班开始执行控制中心的指令，机长驾驶飞机在10000米高度盘旋等待，乘客对发生的这些一无所知。机组人员知道，飞机的燃油还够飞行两个小时，盘旋等待并不会太久，不会有什么危险出现。

然而，他们想错了。

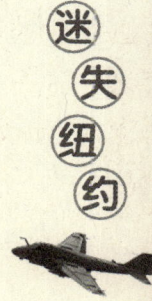

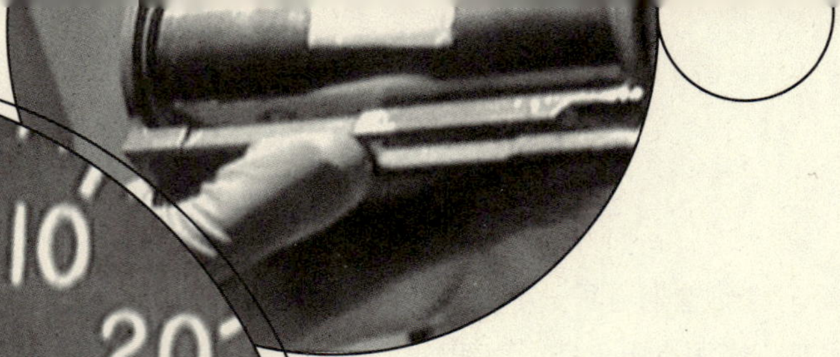

无助的等待

哥航052号航班在维吉尼亚海岸上空盘旋,等待空管的指令继续飞往纽约。他们不知道,此时纽约方面空中拥堵极为严重,忙得焦头烂额的空中交通管制员已经把他们忘了。空中管制员给他们发出转向盘旋等待的指令后,马上就去应付不断积压的航班,一个接一个的任务让他忘记了052还在空中盘旋。机场此时滞留了20多架需要马上起飞的航班,而在附近空域,10多架等待已久的飞机也要进场着陆。管制员手里的电话几乎就没放下过,他不断接收信息,观察雷达后再把指令发出。每位管制员都是如此,指挥室里一片喧哗,大家都快忙疯了。

机长劳伦诺·卡维迪斯驾驶飞机做圆圈运动,他动作轻柔,飞机上的乘客都不知飞机正在盘旋。时间一

◎飞机拥堵严重,管制员不得不加快速度处理手里的指挥任务

分一秒过去，但控制中心的指令一直没来。就这样，052号航班留在原地等待回答用去了20分钟，宝贵的储备燃油慢慢被消耗掉。

"联系控制中心，问问具体情况。"机长有些着急，命令副驾驶。

"好的。长官。"负责陆空联系的副驾驶开始联络控制中心。

"哥航052，快速降落至33，请在三分钟内离开飞行高度330。"如梦初醒的管制员命令飞机降低高度。正要下班的空中管制员哈里在听到052航班呼叫后，发觉自己竟然忘记了给052安排指令。此时机场的拥堵比20分钟前有过之无不及，管制员不可能马上安排052进近着陆。

看到航班还需要等待，052机长显得有些不耐烦。他对副驾驶小声报怨，批评美国空中控制中心的工作方法和态度。但尽管牢骚满腹，飞机还得继续盘旋。

◎管制员交接班时，没有意识到052航班已经等待已久

管制员哈里已经不间断工作了6个小时，高强度的连续作战让他感觉头昏恶心，反应迟钝。前来接替他工作的是戈登，一位比较年轻的空中交通管制员。哈里告诉戈登，说今天的工作简直就是一场战斗，从头至尾都是忙忙碌碌。两个人交接了工作，哈里把手边的所有管制单位都告诉了戈登，也包括哥航052号航班。只是，不知是由于不好意思还是就是偶然失误，哈里没有把052已经等了半小时的情况告诉戈登。

戈登接替了工作，而052号航班的厄运并没有因为换人而改变。在等待了近一小时后，飞机工程师提示飞机旅程规定用油已被用光，飞机不得不开始使用储备燃油。一直等待的052航班觉得事情有些不对，机长和副驾驶商量之后，认为肯尼迪机场可能过于拥挤，他们打算转向备降机场波士顿，那里距离纽约只有330多千米。

"华盛顿控制中心，哥航052号航班。波士顿方面怎么样？如果有可能，我们请求降落备降机场。"副驾驶莫里斯罗·克洛茨问道。

◎华盛顿控制中心告诉航班，再过30分钟就可降落

"波士顿机场？好的，我来查查，请稍等。"空中管制员让机组等一下。

令人感到不可思议的是，戈登也鬼使神差一样忘记了回答052号航班。他命令助手查波士顿机场天气情况，然后一转头，就彻底忘了这件事情。

等待消息的航班又盘旋了20分钟，飞机的燃油越来越少。本以为不必为燃料的事情担心，但老是等待让机组感到忧虑。虽然燃油还够坚持一阵，但无休止的等待不是解决之道。

劳伦诺·卡维迪斯机长有些生气，他用急促的西班牙语让副驾驶再次联络控制中心："询问他们，到底是什么情况？我们已经等了一个多小时了。"

副驾驶莫里斯罗·克洛茨也觉得无奈，他也加快了语气，联系华盛顿空管中心："波士顿情况如何？我们能不能在肯尼迪降落？"

几十秒钟之后，对方才应答，"嗯，也许再过30分钟，纽约控制中心就可以让你们着陆了。如果情况没有什么变化，你们最多再坚持30分钟就可以进场了。至于波士顿方面，波士顿机场开放。如果你们的确需要飞往波士顿的话，那也可以。"

"好的，稍等片刻。我们需要计算燃油。"莫里斯罗·克洛茨回答对方。他用西班牙语把情况详细地介绍给机长，机长命令随机工程师马西斯·莫亚诺开始计算，看看如果再等30分钟，他们会剩余多少燃油，之后他们才能依照控制中心的指令飞往另一地点等待。经过计算，

◎听到飞机要晚点降落，乘客们感到有些着急

飞机剩余油量足够支撑30分钟，机组接受了管制员的转向等待指令。

晚上8点半,飞机在波士顿盘旋30分钟后离开新泽西海岸,来到了一片被称做"卡梅伦"的地区。这片空域位于肯尼迪国际机场以南,属于纽约机场的管制空域。按照规定,哥航052号航班应该由纽约空管人员接管。出奇的是,在这次管制交接时,华盛顿方面又没有告诉纽约052航班的具体等待时间,纽约方面对052已经等待了多长时间并不知情。这对052航班来讲,又是促成灾难的一个偶然因素。当时在纽约肯尼迪机场,天气状况丝毫不见好转,空中有39架飞机在等待着陆,地面还有几十架飞机等着起飞。没人注意到疲惫不堪的哥航052号航班,机组人员只好继续让飞机在纽约上空盘旋,等待着陆指令。机长决定把这个情况通报给乘客,因为此时航班已经晚点。

劳伦诺·卡维迪斯拿起话筒,向客舱的旅客说明情况:"女士们先生们,我是这次航班的机长。很抱歉飞机晚点。纽约地区空中交通拥挤,我们需要在空中等待一会儿,直到可以在纽约降落为止。大家不要惊慌,请留在座位上,系好安全带,谢谢!"

听到飞机需要等待,乘客有些骚动。这样糟糕的天气待在天上等待,无论如何也不是个好消息。从麦德林起飞开始,飞机飞行已超过五个小时,乔治·蒙托亚迫切希望尽快回到地面上,回到位于皇后区的家中。他的表弟应该已经到了机场,准备迎接他们。当飞机广播还要继续等下去的时候,乔治·蒙托亚心里闪出一丝不祥的预感。他不敢对妻子说,只能在心里瞎想,乔治·蒙托亚牢牢抱着最小的女儿,好像下一秒钟她就会消失一样。

内斯特·扎拉特没有感到什么。他一年中大概有三分之二的时间都在路上,对坐飞机如家常便饭的他来讲,晚点和延迟降落不是什么新鲜事。尤其在天气恶劣时的纽约机场,经常会出现航班延误和调整的状况。飞机晚点,内斯特·扎拉特已经见怪不怪,但坐在他旁边一群人的举动反倒让他觉得疑惑。这几个人从麦德林机场登机。虽然看上去明显是互相认识的一伙人,但自从登机后他们一言不发,甚至连水都不喝,有些人脸上带着不易觉察的焦虑和害怕。善于观察的内斯特·扎拉特觉得这些人有问题,但出门在外,多一事不如少一事,他权当自己什么都没看见。内斯特·扎拉特拿

◎内斯特·扎拉特正在讲述出事那天的情形

起报纸,漫不经心翻阅起来。

虽然等待令人不安,但整个飞机上没人会想到乔治·蒙托亚的不祥预感正在变为现实。在抵达"卡梅伦"空域等待了半小时后,052航班收到纽约空管中心的指令:"预计进一步的管制指令将于21:25发布。"这已经是052航班在上空等待过程中第三次收到类似指令了。

终于,晚上9点刚过,控制中心下达进场指令,052号航班可以进场着陆。机长人员松了一口气,以为终于能够回到地面了。但事实上,灾难才刚刚开始。险恶的气候和极低的能见度迫使前面的几架飞机都不得不复飞尝试第二次着陆,他们等来的又是一个坏消息。

◎空中控制中心打来电话,告诉052航班还得继续等待,直到收到新的指令

"哥航052,继续左飞,航向230,再次在'卡梅伦'等待。"地面的语气不容商量。

"谢谢,请问还要多久?"副驾驶问道。

"哥航052,现在还不能进场,现在排不到你们了,这次等待时间不确定。请向左转,航向090,在'卡梅伦'上空等待,保持高度11000。"

又一次等待!他们本来已在空中等待了48分钟,但现在还得在距离肯尼迪机场仅仅几千米的地方再盘旋25分钟。虽然在逐渐靠近肯尼迪机场,但飞机却在空中等待了三次,这无疑使机组人员更为紧张。他们只想从起点飞到终点,并不想在空中来来回回地转上一个小时。

　　这时，052号航班开始慌张起来。本以为等待一次两次就可降落的机组不会想到，所有偶然必然的因素在同一时刻都汇集到了052航班身上。燃油充足的本次旅程，眼看要变为油量告急的危急时刻。机长发怒了，他被无休止的等待拖得失去了耐心。不懂英语的他只好把火气撒向副驾驶。机长告诉副驾驶："告诉他们我们需要优先权，我们的燃料不够了。"

◎看到飞机燃油不多，副驾驶开始焦急起来

　　"管制员，我认为我们需要优先权。"副驾驶使用了优先权这个紧急字眼。

　　管制员立刻回答说："知道了，你还可以等待多久？备降机场在哪里？"

　　副驾驶回答："我们可以再等待5分钟，最多就是这样了。"随即又补充道："我们原来的备降机场是波士顿机场，但它应该满是飞机，我想他们也不能安排降落。更重要的是，我们不能……我们现在燃油已经耗尽了。"

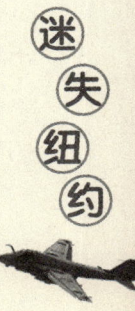

被迫降落

卡雷拉斯的马仔在机场出口处焦急等待。航班抵达时间早就到了,但运送毒品的人迟迟没有出现。如果只是航班晚点还无所谓,一旦被安检或者警察发现,几百万的货物将彻底损失。几个马仔回到汽车里,开始向卡雷拉斯通报情况。狡猾的毒贩头子让他们耐心等待,解释说机场的眼线并没有发出警报,航班只是因天气延误了。

来接机的维尔达瓦也早就到了,他看到候机大厅的通告牌不断变化,许多班机晚点,052号航班也在其中。大厅里人满为患,滞留的旅客越积越多,出入口人声鼎沸,场面一片混乱。航空运

◎接机的人在机场等待的时候,飞机还在天空盘旋

输就是一把双刃剑，在提供方便快捷的同时，很容易会因天气因素变得混乱甚至瘫痪。毕竟，高风险性的空中飞行需要尽力保证安全。

纽约空管人员让052号航班着陆，但前几架飞机因天气恶劣不得不复飞。这种情况使得052号航班燃油告急。在机组人员发出"优先着陆"的信号后，地面仍然

◎由于过度耽搁，本来携带足够燃料的飞机油量已经不多，油表指针接近危险状态

不能安排航班第一时间进场着陆。机长糟糕的英语水平听不懂副驾驶与地面的联系细节，而副驾驶受到的培训使得他犯下致命错误。在西班牙语中，"优先权"意味着情况紧急，必须第一时间处理，哥航的教程中也是如此规定。但在英语中，"优先权"的紧迫程度小于"紧急状况"。事后，哥伦比亚航空公司的飞行员证实，负责训练的某外籍飞行教员，传达给大家的观念是"优先权"和"紧急状况"两者在标准的陆空通话术语上可以互换的说法。机组成员之间使用的是他们的母语——西班牙语，机长飞行27年，飞行经验丰富，但英语听说能力很差；副驾驶英语水平较高，但本机型只有46小时的飞行经历。正常情况下，作为运行控制人员会这样认为，资深机长加上英语通话能力强的副驾驶，这种机组属于强强搭配。但在强大心理压力之下，可能会演变成英语蹩脚的机长遇到技术生疏的副驾驶。

情况就这样变得不可挽回。按理说，052航班携带了足够的燃油。按照国际民航组织对飞机燃油加载量的具体规定，飞机起飞时的油量必须满足下列条件：能够飞往目的地机场并在该机场着陆；从起飞机场到目的地机场并着陆所需总飞行时间的10%的机动飞行；此外，按照规定需要备降机场的，由目的地机场飞至签派或者放行单中指定的最远备降机场并着陆；完成上述飞行后，还能以等待速度在备降机场，或者当不需要备降机场时在目的地机场上空450米高度上在标准温度条件下飞行30分钟。上面这些规定，052航班起飞前都严格做到了。但事实却是无休止的等待让飞机耗光了燃料。一方面052航班油量即将告罄，一方面地面以为飞机还可以支撑一段时间。

没有管制员意识到052航班形势危急,他们把精力和优先选择给了其他航班。此时,飞机工程师马西斯·莫亚诺计算出油量只剩不到500千克,他复习了"油量低于500千克的复飞程序",并向机长发出危险警报。

听到052航班油量告急的消息,副班管制员意识到情况不好。他终于联络纽约终端管制单位。在电话中,他告知管制员:"052航班刚通过卡梅伦点,它只能再等待5分钟,你是否可以接管它进场,或是让我带他转降到备降场?"

◎事后,负责调查的官员说,由于机组人员一直未能明确告知管制员飞机的紧急状态,造成航班始终不能优先降落

管制员告诉副班管制员:"要他把速度降到333千米/小时后,我来引导他,他现在在雷达上卡梅伦的西南方5.55千米处。"

随后,052航班收到指令:"许可到肯尼迪国际机场,航向……保持3352米高度……速度333千米/小时。"在副驾驶确认收到许可后,052航班就被交接给肯尼迪国际机场进场管制台。当052航班与进场管制员联络上后,进场却给052航班以一般的雷达引导服务,其中仍然有着不断的高度和航向的改变。

9点10分,052航班被交接给肯尼迪国际机场空中管制员。052航班被允许下降至900米,空中管制员告诉052航班他们在"……距外指点标28千米……允许22号左跑道ILS进场"。机长告诉副驾驶说:"选我这边的ILS。"

9点16分,052航班联络肯尼迪国际机场塔台,被告知052航班的落地顺序是第三架,并要求其速度增大18.50千米/小时。

机长大声问副驾驶:"可以放起落架吗?"

"不行,我想还太早了。如果现在放下起落架,就要保持很高的仰角。"副驾驶的担心有其道理,但此时燃油量已经低得不能再低,稍后再放下起落架的决定使飞机的负重更大,也会更快地消耗掉所剩无几的燃油。

9点29分,飞机在接近外指点标时拦截到下滑道信号,放下起落架。不到一分钟,肯尼迪国际机场塔台同意052航班着陆。

机组完成着陆检查单后,机长要求:"给我襟翼50的位置。"同时问道:"我们是不是被允许落地?"副驾驶回答:"我们得到降落许可了。"

"什么?可以降落吗?告诉我事情时要讲大声点……因为我没有听到。"机长开始发火了。

对哥航052号航班来说,能否首次着陆成功至关重要。因为天气恶化,四处浓雾弥漫,哥航052号航班的机组人员带领149名乘客安全返回地面的机会只有一次。不幸的是,在距离22号左跑道头不到6千米的地方,052航班飞机遭遇风切变。近地警告系统发出11次"拉升"警告,副驾驶和机械员也好几次提醒机长"下滑道"和"下降率"。此时052航班离跑道头2.4千米,高度仅61米。

机长急切地问:"灯光!跑道呢?跑道在哪儿?"

"看不到,我看不到!"副驾驶也没有发现跑道在哪里。

"必须复飞,收起落架!"机长命令马上复飞,否则飞机极有可能坠毁。于是,052航班拉起来执行了复飞程序。这次复飞,几乎耗尽了飞机里最后的一点燃料。死神就这样降临,不给052航班最后一次机会。

将飞机拉起进行复飞的操作十分激烈,几乎是直角攀升,客舱的乘客全都被甩向后面,紧贴在座位之上。这种情况让乘客惊恐不安,所有人都知道飞机遭遇了危险。每个人都开始祈祷,有人已经晕了过去,孩子的哭声和乘客的尖叫声响成一片。

◎当管制员发现航班复飞之后,他才注意到机组人员发出的危险信号,可惜此时一切都晚了

管制员注意到052航班第一次降落失败，马上通知飞机："上升并保持高度610米，左转航向180度。"此时机长发现燃油已经很少了，他要求副驾驶："告诉他我们有紧急情况。"

终于，机长说出了"紧急情况"这个词。可惜的是，此时飞机燃油已尽，复飞过程使得油箱内最后的一点燃料全部流到了油箱底部，飞机已经无油可用。

9点24分，执行完复飞程序的052航班升高到610米。副驾驶联络上肯尼迪国际机场终端管制单位并告诉管制员说："我们执行了复飞程序，高度保持610米。"

管制员下达新的指令："上升并保持900米高度。"

机长再一次要求副驾驶："告诉他我们没有油了。"

"是的，我在航向180度已经告诉他了，我们要保持在900米，他会带我们回去。"副驾驶回答说。

大约一分钟后，空中管制员告诉052航班："我将带你们到东北28千米处然后再转回来，这样你的油量是否可以？"副驾驶回答："我猜大概可以，非常感谢。"

◎飞机油量耗尽后，几个发动机的引擎相继停止转动

052号航班进入了加长航线的进场模式，等待再次着陆。飞机的燃油只剩最后一点了，机组人员还在等待地面空管最后的命令。他们以为自己的请求得到了重视，并且飞机还有足够的燃油可以复飞。但因为拥挤的空域，飞机做了一个360度的转弯，偏离了轨道飞向长岛，然后不断盘旋，所有这些耗费的油量相当于又等待了15到20分钟。

9点31分，管制员告诉052航班，说他们可以第二次进场。这次可以给他们足够的空间完成进场而不用再次出来。但一切都晚了，管制员刚发出这个指令，飞机的引擎开始熄火。在语音记录器里，可以听见机械员的惊呼："熄火，四号发动机熄火，三号发动机熄火，一号、二号也够呛。"

机长说："告诉我跑道在哪里？"

副驾驶也立刻通知航管："……我们刚刚……失去两台发动机，二号发动机也差不多了。我们需要优先权。"

这是052航班最后的无线电发话。

◎幸存者讲述飞机坠毁时刻的恐怖经历

引擎停转后，机舱中的乘客都听到引擎停止的声音。这一刻显得非常诡异，机舱变得寂静无声，客舱里的乘客停止了吵闹与尖叫，所有人变得出奇的安静。在这无声的巨大恐怖中，052号航班波音707飞机从610米的高空坠落……一刹那之间，飞机电力全部消失，机舱变得黑暗一片。乘客们发出尖叫，哭声不断。在极度的惊吓和恐惧中，内斯特·扎拉特昏了过去。他脑海中最后的记忆是大风吹打着机身，发出巨大的轰鸣声。

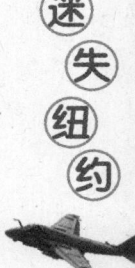

圣母的哭泣

9点55分,家住科夫内克的老约翰像往常一样,在起居室欣赏他的邮票。约翰先生从孩童时代就开始集邮,这个爱好贯穿了他的一生。对他来讲,没有什么能比在晚饭后欣赏和整理自己的邮票更有意义和更有兴致的事情了。他拿着放大镜,正聚精会神欣赏邮票。突然,

◎052号航班坠毁在纽约长岛一处满是森林的高级富人住宅区

一声巨大的响声把他吓了一跳。紧接着又是一阵尖锐的撕裂声。约翰先生很纳闷,他站起身来到窗前向外看去。借着微弱的路灯,眼前看到的景象让老先生非常惊异。一架巨大的飞机坠毁在房子前面的院子里,飞机里隐隐有人的哭喊声。从惊愕中清醒过来后,老约翰拨通了警察局的电话。他没法解释自己看到的一切,只是叫警察迅速赶赴现场。

052号航班坠毁了。地点在纽约长岛一处满是森林的住宅区上坡，距离肯尼迪机场还不到24千米。飞机整个骑在了上坡处，巨大的力量使驾驶舱从机身裂开，弹射到树上，最后落入一个居民家中，那里距离坠机现场有几百

◎飞机坠毁后，整个机身被撕成几部分，驾驶舱被抛到100米远的地方

米远。机舱的情况也好不到哪里，机翼位置裂开了一个几米长的大口子，机身也被多处撕裂，倾斜着躺在森林之中。坠机现场一片狼藉，草地上的泥土都被翻了起来，许多树木被拦腰折断，金属碎片沿着现场落得满地都是。

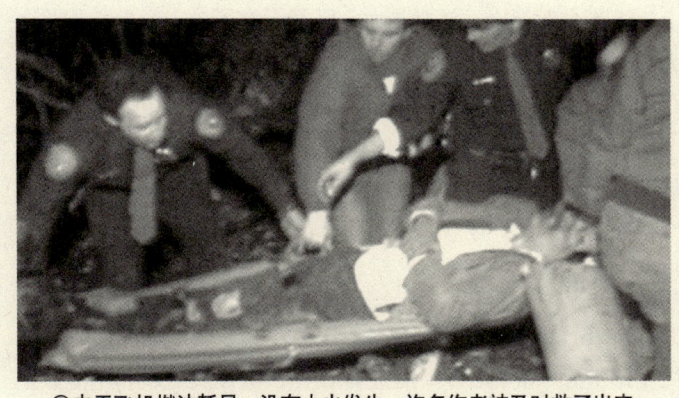

◎由于飞机燃油耗尽，没有大火发生，许多伤者被及时救了出来

在飞机内部，巨大的撞击使内斯特·扎拉特全身多处受伤。剧烈的疼痛让这位坐在机舱中间的乘客醒了过来。他睁开眼睛，看到一些电缆和塑料残片挂在头上来回摇晃。当他挣扎着想动一动时，腰部和背部伤口的疼痛让他倒吸一口凉气。旁边座位的乘客斜躺在座位上，头向身体后方垂去。也许是昏过去了，也许是已经死了……意识到自己还活着，内斯特·扎拉特忍住剧痛，解开腰间的保险带，希望能从飞机中出去。机翼位置有一个巨大的口子，隐隐有光线射进来。内斯特·扎拉特伏低身子，手脚并用向缺口爬去。

外科医生乔治·蒙托亚一家四口非常幸运。他们所坐的位置受冲击最小，机身掉落的一大块挡板保护了他们。飞机停止运动后，一直保持清醒的蒙托亚发现从前边掉下

◎乔治·蒙托亚一家四口非常幸运，他们最后都被救了出去

来一个人，正砸在他的身上。这人个头很大，浑身是血，已经没有了神志。妻子和两个女儿也都安然无恙，四个人紧紧搂在一起，等待有人救他们出去。

救援行动开展得很快。附近的居民从惊吓中恢复之后，先于救援队和警察局之前展开了营救。飞机上有人还活着，因为在现场可以听到有人因为疼痛而开始哭叫。现场没有大火，这增加了救援的安全性，也有利于调查人员检查飞机是否存在燃油或引擎方面的问题。

人们在现场成立了救援指挥部和救援小组。飞机坠毁地点在科夫内克的富人区，网球明星约翰·麦肯罗的父亲就住在附近。约翰·麦肯罗球技惊人，其火暴脾气是他的另一张名片。老麦肯罗先生却十分开明和仁义，他主动提出，救援队可以利用他家宽阔的草坪搭建临时急救医院。医院搭好后，几十名医护人员迅速展开救治，这使得大批受伤乘客保住了性命。

救援行动一刻不停，人们希冀从残骸里抢救出尽量多的人。十个小时后，破晓时分，救援人员从废墟中救出了85名幸存者。乘务长是唯一生还的机组人员，包括机长在内的其他八名机组人员全部牺牲。哥航052号航班上的11名儿童，只有两名侥幸逃生。她们就是乔治·蒙托亚的两个女儿，她们的父母在这次事故中也都幸免于难。当记者事后采访这幸运的一家时，乔治·蒙托亚把这一切归功于神圣的圣母玛丽亚。他

◎整个纽约市投入大量人力物力展开此次救援行动

对媒体说，就在登机返回美国的几天前，他们一家四口都去了麦德林圣城拜访了圣母玛丽亚。正是圣母的爱和力量保佑了他们，让他们一家逃离了这次灾难。

现场维持秩序的警察发现，在死者当中，还有几名藏有毒品的乘客。这些毒品如果放在黑市上，市值共约500万美金。意外的收获使得警察局在现场增派了人手，救援现场戒备森严。政府也在停尸房部署了警卫，因为他们担心毒品组织会溜进来把尸体偷走。那些毒品每一袋都价值上百万美元。

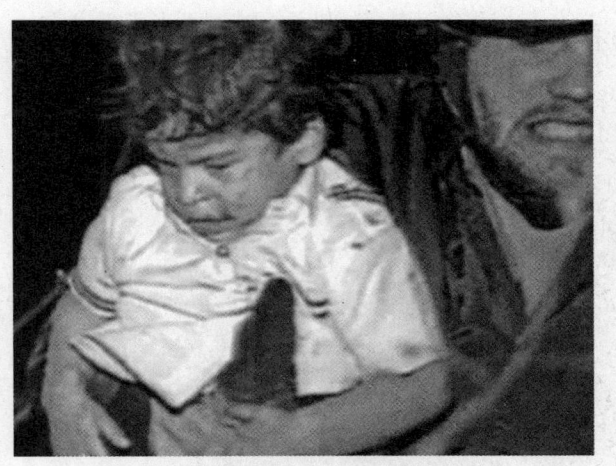

◎整个飞机上有11名儿童，最后只有两人获救

政府的担心一点都不多余。毒品贩子头目卡雷拉斯怎么也不会想到，运送的毒品竟然会因为飞机坠毁而落入警察之手。几百万的货物，这是他这个贩毒集团半年的货源。

◎警察在遇难的乘客里发现了运送毒品的人的尸体，这使得救援行动更为复杂和艰巨

◎负责地面调查的美国运输安全委员会委员巴里·特罗特

气急败坏的卡雷拉斯决定从警察手里抢出货物，最起码也要派人去偷出毒品。他发出命令，派手下实施抢夺计划。当这些黑社会来到现场后，发觉根本就没有机会下手。现场救援的人太多了。事后据统计，来自拿骚县的37家急救公司都参加了这次救援，这也是"9·11"事件之前纽约地区最大规模的一次营救行动。

在抢救的同时，有关人员就展开了现场调查。负责地面调查的是美国运输安全委员会委员巴里·特罗特。特罗特先生也是飞行员出身，有丰富的飞行经验。052航班坠机后，调查小组的首要目标是寻找飞机携带的"黑匣子"。

◎虽然黑匣子被调查人员找到，但里面的数据都已丢失，无法复原了

有人在救人的同时发现了这个装置，并把它交到了调查小组这里。虽然外观看上去没什么损坏，但不幸的是在打开黑匣子之后，调查人员发现盒子中的箔片已经掉落。虽然有人曾将箔片粘好，再把黑匣子放回飞机，但在坠机过程中，黑匣子已经损坏了。巴里·特罗特和他的小组还检查了油箱，发现飞机上只剩几加仑的燃油，这就解释了这架波音707引擎停转的原因。令人感到欣慰的是，正因为燃油已经用光，所以飞机坠地后并没导致大火和爆炸，否则那些幸存者也必死无疑。

黑匣子损坏，关键的飞行数据也就丢失了。调查人员将重点转移到了驾驶舱中的话音记录器上。那上面记录了机组人员之间以及副驾驶员和各个空管之间所进行的长达40分钟的对话。话音记录器显示的信息可以知道，机长没有听懂副驾驶员通过无线电用英语和空管进行的交谈。在052航班盘旋等待时，坐在驾驶舱中的飞行员之间、飞行员和空中交通管制员之间、空中交通管制员之间的交流明显存在着严重的障碍。

作为受过训练的专业人士，飞行员应该知道，如果飞机上所载燃油在飞机飞抵着陆机场后，只够以等待空速飞行30分钟时，必须宣布飞机处于"最低油量"。飞机凡被交给下一个空管单位时，机组与管制员联络，第一句话中必须包含"最低油量"的关键信息，并向管制员报告剩余的可用燃油还能飞多少分钟。但052航班机组总以为管制员知道这个紧急情况，从未加以主动验证。正是这种将安全交由别人来保障的定式思维，才导致机组过于顺从管制员的常规指挥。052航班机组人员在非母语环境下执行工作，空地通话词不达意，对通话者所传递的信息缺乏有效的监控，造成机组与管制员之间不能正确沟通，这是飞机坠毁的另一个重要原因。

◎调查人员正在分析语音记录器里的资料，他们想知道是什么原因使得飞机耗尽燃油而坠毁

◎驾驶舱的仪表板已经严重损坏，语音记录器里可能存有重要的证据

052航班机组并没有将飞机处于最低油量运行的紧急情况明确地告诉管制员。机长知道飞机已经处于可控运行的最后阶段，一再要求副驾驶告诉管制员飞机已经处于紧急状态，但副驾驶却从未将这个危险信息有效地告诉过管制员。对副驾驶的通话内容，机长由于语言不通，并不能完全掌握，造成管制员根本不知道飞机的真实状况，也无法知道机长的真实意图。因此，管制员发出的指令无法做到"有的放矢"。安全是空、地共同协作的结果，从某种情况来说，机组最清楚自己的处境，

一旦飞机处于危险境地，运行的安全度受到不可逆转的威胁时，机组必须立即向管制员提出自己主动的积极的建议，尽快扭转不利局面。对管制人员的指令，必要的尊重是需要的，但千万不能盲从。情况紧急时，通话要直截了当，不必太婉转。涉及飞机安全的大事不能全部交给别人，机组成员要时时主动。如果052航班的机组说："最低油量，必须马上着陆！"无论哪一个管制员听到这个请求都会精神高度警觉，立即引导飞机抄近道尽快落地。

这一点被空管局抓住了把柄。事故发生后，紧接着就要面临调查和赔偿的问题。空难听证会上，空中交通管制员坚持认为哥航052号的机组人员没有使用"紧急情况"这个词，而是用"优先"来表达自己的处境。美国运输安全委员会认为，基于空中交通管制员从飞行员那里得到的信息，他们所做的引导行为是合理的。这一结论让哥航方面感到不满。许多乘客也感到愤怒，他们认为这是不公平的。

◎哥航的律师认为：此次空难中，美国空中交通管制员的工作疏忽也是引起事故的一个原因

平心而论，华盛顿控制中心和纽约机场的管制员也有责任。在相继传递任务的时候，每位管制员都忽视了052号航班潜在的危险。虽然当时情况特殊，恶劣天气加重了管制员的工作强度。由于当时进港飞机数量太多，空管单位接替经手的席位有好几个，但空中交通管制员在交接工作的时候，没有把紧急信息传达到整个管制系统。在这多方交流的系统中，存在着多处障碍，最终导致了空难的发生。想当然的疏忽造成了恶果，直到飞机坠毁前，空管人员都没有

◎事故亲历者说，尽管最终得到了赔偿，但心灵的伤痛无法弥补

意识到这架飞机即将没有燃油。

正是基于此项工作瑕疵，哥伦比亚国家航空公司将空中交通管制员的雇主联邦航空局告上了法庭，认为空管在得知飞机燃油告急时，应该采取更多和更有效的措施。官司打了很久，最终，联邦航空局决定将大约两亿美元补偿金中的40%支付给受害者和他们的家属。

内斯特·扎拉特身体多处骨折，他恢复得很快，伤口很快就愈合了。但心灵受到的损害无法弥合，那晚悲惨的遭遇就像一个顽固的梦魇，时时会突然来到梦里造访。鲜血、呼叫、哭泣、疼痛、死亡……一旦你亲自经历过如此悲惨的事情，生活中本该快乐和轻松的东西就会变得失去效力。内斯特·扎拉特停下了手头的所有工作，一心静养休息。他希望自己早日走出事故的阴影，重返工作岗位。对其他大多数幸存者来说，情况也一样糟糕。无辜被害的乘客夹在各方之间，被不负责任地推来推去。无休止地调查和交涉之后，幸存者感到从伤痛中恢复过来似乎比弄明白飞机燃油为何会被耗光更容易一些。

悲剧总是令人感到扼腕，但悲剧产生的根源更应该被人们所牢记。血淋淋的教训必须被反复提及，成为每一位航空业者牢记心中的警钟。如此，052航班事故中的死难者才可以得到安息。

◎昔日被从飞机中救出的小女孩，如今已长成亭亭玉立的少女

圣诞节来临前，整个美国都处在一种略带慌乱的巨大喜悦中。人们都在为这个一年中最重要的节日做准备。有的人为家人买礼物，有的人忙着计划与亲人团聚。然而，许多回家团聚的人却乘上了通向死亡之路的航班……

第二章
空中迷航

引 子

现代航空业发展与科技的不断进步密不可分。最近几十年，大量新材料与新技术广泛采用，促成了商业航空领域飞速发展。商业飞机正在变得越来越豪华与高科技，商业飞行安全性也得到极大提升。但事物往往都有两面，高科技的应用犹如一把双刃剑，在带给飞行员简单与方便同时，它也相应削弱了他们对飞行状况的判断能力。计算机可以在一秒钟之内运算十亿次，但即使你给它一整天的时间，它也回答不出"香蕉和苹果到底哪个更好吃"这样的问题。

尼古拉斯·塔夫里机长有13000小时的飞行经验，驾驶最新型的波音707飞行时间也超过2000小时。在他的职业生涯里，他处理过各种各样的危急情况，任何危险在他的面前，最终都会化险为夷。但是，当他犯下一个看似连小学生都可以避免的错误后，飞机撞上了高山化成碎片，除了右机翼下的4名乘客之外，159人的生命在一个圣诞节的前夕戛然而止。

悲剧总是令人扼腕，尤其是引发悲剧的起因完全可以避免的时候。也许，在那个圣诞节前夕，换成任何人驾驶航班都不可能犯下这样愚蠢的错误。到底是什么原因引起了这一切？为何副驾驶和地面指挥人员都没有发觉和纠正机长的愚蠢失误？在那个惨烈恐怖的圣诞前夕，飞机上的人们究竟经历了怎样的悲壮时刻？请关注这起死亡159人的悲惨事件。

圣诞节前夕

1995年圣诞节的前几天，美国航空公司迈阿密国际机场的候机楼内。

"快点吧！爸爸。我们要赶不上了。"21岁的女大学生默西迪丝·拉米雷兹娇嗔中带着焦急对父亲说道。

"好的，宝贝，就快了。"略显发福的老拉米雷兹先生一边填写行李单，一边回答自己的女儿。

拉米雷兹一家很幸运，在最后时刻等到了退票，可以如愿乘美国965次航班去往哥伦比亚。以往，他们都是在家乡堪萨斯州过节，今年全家有特别计划，决定去南美异国体验一个异域风情的圣诞节。由于节日来临，航空公司一票难求。他们报着试试看的态度来机场碰运气，希望能等到其他乘客的退票。就在一家三口几乎绝望的时候，机场工作人员念出了他们的名字，他们可以登机了。

这一天是1995年12月20日。对默西迪丝·拉米雷兹来讲，这个日子将令她终生难忘，原因并不仅仅因为这一天是她本人的21岁生日。

圣诞节来临前，整个美国都处在一种略带慌乱的巨大喜悦中。人们都在为这个一年中最重要的节日做准备。有的人为家人买礼物，有的人安排最后的工作计划以抽出

◎圣诞前夕，美国航空公司迈阿密国际机场内一片繁忙景象

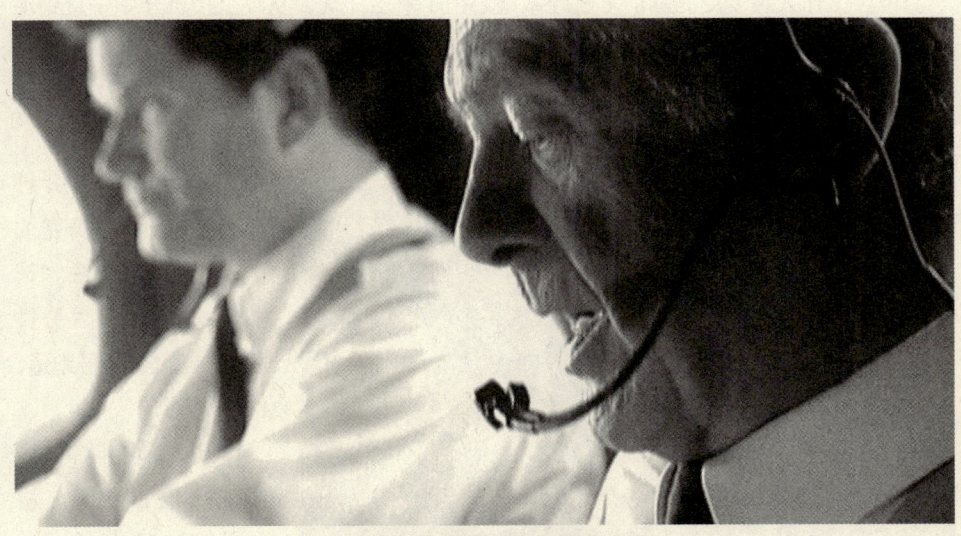

◎飞行员正在做起飞前的最后准备

时间回家与亲人团聚。这时的航班大都人满为患,所有人都想尽快回家。此时,在迈阿密国际机场的停机坪上,美国965次航班正准备起飞。这就是默西迪丝·拉米雷兹一家三口搭乘的航班,由波音707飞机承担飞行任务。因为季节性交通阻塞,这架航班已经等候了一小时二十分钟。

机长尼古拉斯·塔夫里正在做起飞前最后的准备工作。他时年57岁,身材健壮,满头的银发给人一种平易近人的印象。尼古拉斯·塔夫里是美国航空公司的优秀飞行员,有13000小时的飞行经验,驾驶波音707的飞行时间超过2000小时。他的助手,坐在驾驶位上的是大副唐尼·R.威廉斯。这是一名精力充沛的飞行员,39岁的他也已经为美国航空公司飞行了九年。尽管这是他第一次驾驶965次航班飞往目的地卡利,但尼古拉斯·塔夫里却经常执行这个航线,他没有什么可担心的。事实上,就在6天前,尼古拉斯·塔夫里还刚刚飞过卡利。

"嘿,伙计,再最后确认一下读数。"尼古拉斯·塔夫里对他的搭档说。

"好的。一切正常。"

"联系塔台。"机长又问道。

"好的。马上。"威廉斯有条不紊地回答。"这里是美国965次航班停机待命。"

塔台工作人员麦克的脑门上已经微微沁出了一层汗珠,从早上接班开始一直到现在,他忙得连喝口水的时间都没有。没办法,这是圣诞前夕,航空公司都在满负荷运行。作为机场心脏的塔台更是如此。

"965次航班请注意! 965次航班请注意!"

◎美国965次航班的两位飞行员经验丰富,是出色的机组人员

"你们将于5分钟后准备起飞。"麦克的嗓音已经带着沙哑,"请注意,你们将于5分钟后准备起飞,27号跑道,27号跑道。"

听到塔台指挥人员的命令,尼古拉斯·塔夫里轻轻吐出了一口气。他身体微微前倾,对副驾驶唐尼·R.威廉斯做出一个鬼脸。

注意到塔夫里的表情，威廉斯脸上也露出了轻松的笑容。是的，他喜欢这个白头发的老头。作为在空军服役过多年的飞行员，塔夫里身上有着一股不怒自威的军人气质。但在工作中，作为一名波音飞机的飞行员，他却总是会让同事感到轻松愉快。

事实上，除了驾驶室的两人，965 次航班上还有另外 6 名机组人员。此时，这些身着蓝色制服的空中小姐们正在最后提醒乘客扎好座椅保险带。由于节日将临，她们都戴上了可爱的圣诞老人帽子。

默西迪丝·拉米雷兹和她的父母在最后一分钟登上了班机。他们喘着粗气，互相搀扶着向自己的座位走去。由于买到的是其他乘客的退票，拉米雷兹先生独自坐在后排。他坐在椅子上，看见母女俩也已经坐好，身边还有一位乘务员在帮她们放行李。

像往常一样，乘务长苏珊回到驾驶舱后面的位置上，习惯性地注视她的乘客。一切正常，虽然有几个孩子还在快乐地叫嚷，但所有人都扎好了保险带，所有物品也都放置妥当。

◎默西迪丝·拉米雷兹和她的父母在最后时刻登上了飞机

无助飞行

1995年12月20日下午6点40分，已经延误了两个小时的美国965次航班终于获准起飞。波音707的发动机发出了低沉的巨响，这架巨大的钢铁大鸟终于开始滑向了跑道。波音707飞机是当时最为先进的机型之一，可以为乘客提供舒服和宽大的空间。飞机上配备了最先进的技术装备和高度复杂的计算机系统。当飞行员输入正确的数据以后，计算机飞行管理系统就能控制飞机自动完成从起飞到着陆的一系列行动。当然，对高风险的飞行来说，技术永远是一把双刃剑。它可以是飞行员的好帮手，也可以是他们最大的敌人。一切都要靠操纵飞机的驾驶员来决定。盲目依赖科技，只能导致恶果。对于这架965次航班来说，正是对科技的盲目依赖制造了一场噩梦。高科技造就的飞机有时也会受到科技的困扰，人的因素才是飞行安全的决定因素。

机上的乘客并不知晓这一切。飞机起飞非常顺利，所有的乘客都感觉良好。当机长向客舱通报飞行一切正常的时候，默西迪丝·拉米雷兹换了座位，坐到了父亲身边。年轻的姑娘被妈妈的举动弄得很尴尬，因为妈妈一直和坐在旁边的大学生交谈。毛里西奥·雷耶斯坐在默西迪丝的妈妈旁边，他是密歇根大学的学生，利用假期去哥伦比亚探亲。默西迪丝的母亲可能想让女儿和他认识，不断地说自己女儿的各种事情。虽然旁边的毛里西奥·雷耶斯显得十分高兴，但姑娘却感到不好意思。毕竟，没有哪个女孩子愿意一个陌生人知道太多自己的事。谈兴甚浓的母亲没有注意到女儿离开，仍然与邻座亲热交谈。男大学生说话风趣，人也显得十分热情，一老一少聊得不亦乐乎。女儿躲在后座，看着母亲的举动偷偷发笑。

◎默西迪丝·拉米雷兹的母亲与邻座的小伙子交谈甚欢，节日来临前每个人的心情都不错

老拉米雷兹先生注意到女儿的情绪，在老拉米雷兹先生的眼里，女儿默西迪丝是世界上最漂亮的公主，是他生命中最宝贵的财富。这个性格乖巧的女孩从小就命运多舛。默西迪丝3岁的时候，一场肺炎差点夺去她幼小的生命，5岁时又得了一场大病，高烧不退，昏迷了好几天才苏醒；好不容易长大成人，初中刚毕业的默西迪丝又在一次车祸中遭遇不幸，幸亏抢救及时保住性命。命运不知为何，总是和这个惹人喜爱的女孩子为难。正是因为这些，老拉米雷兹先生对女儿倍加怜爱。他对女儿的一切

◎为了让女儿高兴，老拉米雷兹先生安排全家去哥伦比亚度假

都很关心，不愿意让任何人任何事物再伤害到她。今年，为了让女儿默西迪丝高兴，老拉米雷兹先生把过圣诞节安排在了哥伦比亚。老父亲希望，一个充满西班牙风情的圣诞节可以带给女儿惊喜和快乐。

圣诞节将至，飞行员的情绪也很高涨。机长与副驾驶开起了玩笑，驾驶舱洋溢着欢乐轻松的气氛。飞机继续飞行，虽然能见度不是很好，但其他气象条件没有什么影响。两个小时45分钟以后，飞机在11000米的高空巡航，然后进入预先安排好的飞行路径，向卡利机场飞去。离目的地仅有1个小时路程的时候，机长命令副驾驶联络地面指挥员。

"接近卡利，这里是美国965次航班。"副驾驶威廉斯呼叫当地的指挥人员。

"美国965次航班，晚上好。继续前进。"回答的是卡利空中交通导航员纳尔逊，他负责指导965次航班完成着陆。由于哥伦比亚反政府武装活动猖獗，当地许多雷达装置被毁坏。这给导航员的工作带来很大难度。没有雷达，空中交通导航员只能依赖于机组人员提供一些飞行的信息。为了知晓965次航班的具体位置，纳尔逊只好借助无线电联络。

"美国965次航班，请问你们距离距卡利多远？"纳尔逊询问机组人员。

"测距仪显示为63。"飞机驾驶员回答道。

这意味着飞机已经接近卡利，导航员回答飞机驾驶员："明白了，你们可以到达

卡利，降落，并保持在 1 至 1500 米。高度计 3-0-0-2。到土拉后请报告。"

"好的，明白。允许直接飞往卡利，在土拉报告。"机长重复了口令。

这短短几句话中，蕴藏着一个致命的误解。机长塔夫里以为对方的意思是直接飞往卡利，忘记了中间还有土拉。而导航员的真实意思是可以到达卡利，但要在土拉进行报告，以确定飞机的位置。

这个失误副驾驶也没有觉察，他第一次飞这个线路，对机长自然是信任有加。塔夫里操控键盘，将"直接飞往卡利"的命令敲入计算机。由于他认为飞机不需要再经过沿途的导航点，因此飞机到卡利之间的导航点被全部删除，其中也包括导航员重点强调的土拉。

输完后，凡事喜欢亲力亲为的机长对副驾驶说："我替你输入了'直接到达卡利'的口令。"

"好的，谢谢你。"副驾驶对机长的行为表示了感谢。

◎机长塔夫里忽略了土拉导航站，这是导致这场空难的第一个不幸因素

如果此时唐尼·R.威廉斯能够知晓机长这个行为接下来导致的后果的话，他是绝对不会说"谢谢"的。

按照飞机自动导航仪的计划，965 次航班将很快在土拉导航点确认航线，土拉是位于通向卡利山谷一端的一个无线电信标。经过这里以后，他们应该飞下山谷，继续经过一个叫做罗左的导航点。最后，航班要飞过机场向右转，从南部着陆。这条线路没有什么复杂之处，只需到达导航点报告地面飞机位置即可。波音707飞机装备有电脑控制的自动导航系统，飞行员只需输入正确指令，电脑就可以控制飞机顺利飞行。为了保证正确飞行，飞机必须经过航线上一系列的导航点。这些点通常是沿着航线两侧的固定无线电信标。飞机的计算机系统会一个接一个地接收到来自这些信标的信号，从而引导飞机安全到达目的地。但现在的问题是，机长删除了沿途这些导航点的信息，飞机不会再按照这个线路自动搜寻导航信号。看上去无懈可击的自动导航系统，却在驾驶员的疏忽之下暴露出致命缺陷：965次航班将很快遭遇灾难，一个令世人震惊的大灾难。

◎事故调查专家事后表明：飞行员的疏忽造成了飞机自动导航系统出现了偏差

◎飞行员担心不能如期抵达目的地，他们希望尽量缩短航程的时间

如此致命的错误,机长和副驾驶都没有发现。他们仍然沉浸在节日将至带来的好心情中。

机长尼古拉斯·塔夫里摘下话筒,开始对客舱的乘客们通话:"各位,晚上好。欢迎你们乘坐美国965次航班。本次飞行时间预计3个小时,我们距离目的地还有96千米。"

机长通报完毕,微笑着对副驾驶说道:"一切顺利。除了时间紧张一点。"

"是的。我们晚点了2个小时起飞,所以我们回程的时间会比较紧张。"副驾驶威廉斯也对返程时间表示了担心。旅游旺季,航空公司业务特别繁忙,航班晚点起飞已成家常便饭。虽然起飞时间耽误,但航班照例需要按时返航,以便运送更多客人。商业航空公司投资巨大,竞争也极为激烈,公司不得不想尽办法多拉快跑,赚取更大利润。965次航班于10点左右降落机场,当天就得返回。如果飞行途中出现拖延,航班将无法如期返程。飞行员的担心就在于此。

◎两个孩子为了看到地面美丽的夜景,争抢着靠近舷窗的一个位子

乘客们不必为航空公司的难处着急，他们是顾客，只需享受航空公司的服务。默西迪丝·拉米雷兹抱着父亲的一条胳膊，安静地听父亲讲话。她就喜欢这样，只要有父亲的肩膀可以依靠，即使什么都不做，默西迪丝也感到十分欣慰。从小，父亲就是她眼中的大山，威严又慈爱。女孩子到了这个年龄，往往更愿意与父亲交流沟通。

父亲讲起他年轻时在哥伦比亚的一些经历，默西迪丝听得很认真，时不时还会被父亲的讲述逗笑。乘务员们今天尤为忙碌，因为飞机上有许多孩子。这些孩子大都是跟随父母去哥伦比亚旅游及度假，出去玩对孩子来讲就是一件天大的好事，情绪兴奋也就在所难免。一对姐弟因为争夺临窗的位子吵闹起来，互不相让。圣诞节将至的哥伦比亚美丽无比，就是远在天上也可感受她的独特魅力。为了敬奉圣母玛丽亚，人们用灯光装饰整个城市，有的甚至会沿着山脉装点彩灯。飞机降落时，从上望下去，灯光的装点美丽异常。孩子们都想能方便地观看景色，争吵也就不可避免。

老拉米雷兹先生在给女儿讲述自己以前的异国观感，看起来她很喜欢听。女儿的头就靠在自己的肩膀上，金黄的头发柔软顺滑。老先生停下了讲述，他感觉到女儿也许有些困倦。他轻轻地挪动了一下身体，看了一眼手表。

现在是晚上 8 点 45 分。

机长的广播又响了起来："女士们，先生们，我是机长，我们已经开始降落，请做好着陆准备。虽然启程有些耽误，但这仍然是个可爱的夜晚。965 次航班全体人员祝愿您和您的家人圣诞快乐！"

听到机长的提示，乘客们感到很快乐。马上就要降落了，抵达目的地的喜悦让机舱内一片轻松。

迷途的飞机

965次航班的机长看了看显示屏，上面的信息告诉他飞机距离降落还有大概11分钟。965次航班进入了最后的降落阶段，他们的位置距离卡利大约只有101千米。卡利是一座高山城市，位于雄伟的安第斯山脉余脉之上。阿拉贡机场位于一条狭长山谷的尽头。这道山谷的两侧有高耸的山脉，这些山

◎事发当晚，卡利机场的空中交通导航员纳尔逊当值

脉绵延不绝，几乎达到了4000米，气势雄伟，风景非常壮观。但这种地理环境同时也给飞行制造了难度。起飞和降落是飞行过程中最为危险的两个环节，高耸的山脉给飞机的安全造成了威胁，如果飞行员稍有疏忽，飞机就将面临山峰的威胁。作为经验

丰富的资深飞行员,尼古拉斯·塔夫里深知这一点。他全神贯注驾驶飞机,同时让副驾驶再度联络空中导航员。

卡利机场的空中交通导航员纳尔逊给出了建议,他让航班继续前进,并问他们是否愿意在1-9号跑道着陆。按照计划,965次航班应该在机场0-1跑道着陆,但是飞机晚点使得驾驶员希望尽快进场着陆。如果能在1-9号跑道着陆,965次航班就可以省去在机场上空盘旋等待的时间。这是飞行员希望看到的,自然很乐于接收导航员的建议。

"好的,我们将直接飞往1-9跑道。现在降低高度。"965机组人员回应道。

"好的。需要降到更低的高度。"纳尔逊让飞机降低高度。

"收到。"副驾驶报出口令。965次航班没有按原计划接近0-1跑道,而是临时变更跑道降低了高度。这个举动,直接促成了灾难的发生。

◎姐姐看到弟弟哭闹的样子,只好把座位让给了他

毛里西奥·雷耶斯伸了个懒腰,心里想着旅程终于要结束了。他盘算着下飞机就去好好吃一顿,然后去欣赏卡利美丽的夜景。来之前,毛里西奥·雷耶斯告诉自己在哥伦比亚的叔叔不要去接他,他决定自己先要好好玩一玩。叔叔为人和善,但唯独对自己要求很严。如果住到他的家里,太多的限制会使得这次假期索然无味。这时,有乘务员走过来,提醒休息的旅客拉直椅子,以便做好降落准备。飞机将在几分钟后

无助飞行

准备降落。左边的两个孩子又开始了争吵，他们都想观看城市的灯火，孩子的父母在一旁劝解，却收效甚微。比较小的男孩突然哭了起来，他的委屈和愤怒终于爆发了。看到哭泣的弟弟，女孩有些惊慌，只好不情愿地把座位让给弟弟。看到这一切，毛里西奥·雷耶斯感到好笑。他忽然想到自己如果有一天也成为父亲，遇到这种情况又该如何是好呢？

正当毛里西奥·雷耶斯想着如何当好一个父亲的时候，他感到飞机突然猛地一晃，周围的乘客有人发出了惊呼。

驾驶舱内，飞行员陷入了巨大的麻烦。他们迷路了，此时此刻不知飞机置身何处。

几分钟前，在得知航班可以直接降落1-9跑道时，两位飞行员很高兴。1-9跑道从北部可以直线进入，他们不必浪费时间在机场盘旋。现在他们已经没有多少时间了，返程的压力迫使他们需要尽快着陆。在机长给出降低高度准备着陆的指令后，副驾驶威廉斯打开了减速装置。这些制动装置是装在机翼顶部的副翼。使用它们，可以降低升力，增加飞机的下降速度。但正是这个降落到1-9跑道的决定把所有的错误加到了一起，最终导致了一场灾难。

先是错误理解导航员的口令，机长删除了自动导航的所有导航点；接着是改变航班着陆跑道，飞机降低了高度；然后是过早打开飞机减速装置，使得危险来临时丧失了主动脱险的机会。此时飞机正朝着巨大的危险靠近，而两位驾驶员和导航员对此都一无所知。这个机长口中所说的可爱夜晚就要结束了。在30秒钟后，这两位飞行员将会犯下一系列错误，葬送了飞机上大部分人的性命……

当导航员让机组报告飞机位置的时候，飞行员发现情况不对了。

◎航程之初，机长错误删除了自动导航的所有导航点

"965次航班报告，土拉信号发射台。"导航员询问他们。

"要先报告土拉吗……你让我们去卡利还是去土拉？不是说可以直接去卡利吗？"机长慌了神。

"你们没有经过土拉吗？请告知你们经过土拉的时间。"导航员听到机长的回答一头雾水。没有雷达的指引，他不知道飞机有没有经过那里，一切都需要飞行员告诉他。

两位飞行员完全陷入了混乱。导航员要求他们报告经过土拉的时间，但是他们在计算机上删除了土拉，所以不知道它在哪里。时间不允许他们再耽误，机长直接询问导航员是否可以忽略土拉，直接飞往罗左，那是最后一个导航点。

"美国965次航班是否能直接飞往罗左，进入罗左一号航线？"机长问道。

纳尔逊并不知道飞机上发生了什么，虽然他不理解，但直接飞往罗左也可以验证航线，罗左也装备有导航点。

"可以。进入罗左一号航线，1-9跑道，现在风很平静。"导航员报告了机场天气状况。

"收到。罗左一号航线，1-9跑道，谢谢，美国965次航班。"机长这时才松了一口气。

◎导航员纳尔逊对航班直接飞往罗左感到迷惑不解

松了一口气的机长并不知道，他根本没有理解导航员的真正意思。导航员说赞成进入罗左一号航线的意思是指用罗左一号到达程序。而机长以为他的意思是要直接去罗左一号入口。这个错误的理解正式拉开了灾难的序幕。在965次航班的航线上，罗左是最后一个装备无线电导航装置的导航点，把它作为参考的第一个导航点并不合适。这个错误的理解的确致使飞行员产生了操控的失误，飞行员以为是这样，导航员认为是那样。这是另一个链式反应，是一系列错误链条上的一环。

很快，执行进近的机长发现了异常，他突然意识到飞机把它们带进了一片未知的区域。他在这条航线上飞行了近千次，即使在能见度不高的夜晚，陌生的飞行环境也让他感觉到了不对。机长塔夫里有些慌张。

"我们这是在哪儿？我们飞出了……"机长发现情况不对。

"首先我们飞出土拉，但是我们现在飞向哪儿？"副驾驶也发现了问题。

"必须先找到土拉。找到土拉就找到了方向。"机长叫了起来。塔夫里从一个计算

◎机长错误的操作把飞机带离了航线，他们很快发觉自己迷路了

机系统转换到另一个计算机系统，然后手动操作寻找土拉导航台。

"找到它了，看上去不太对，不知道为什么。"此时机长还以为自己找到了真正的土拉导航点。

"向左转，想向左转到 ULQ 吗？"副驾驶问道。

"不，不是，我们去……"机长彻底糊涂了。"让我们首先到卡利去，好吗？我们在这里搞糟了，是不是？"

"我们需要比照标准图表。"副驾驶开始翻阅导航图表。

在飞行中失去了方向，这对于飞行员来说绝对不可接受，更何况还在漆黑的夜晚。机长和副驾驶把图表拿了出来，希望能找到正确的航线。两个人都手忙脚乱，紧接着又犯下一个错误。

"我看到了罗左！"机长叫了起来。

机组人员看着他们前面的图表，他们看到了罗左，它的首字母是"R"，因此他

◎对危险毫无觉察的飞行员把错误的信息输入了飞机的电脑系统

们自然而然地把"R"输入到计算机里,以为计算机会直接带他们飞往罗左。

机长塔夫里此时又犯了一个致命的错误。飞机的电脑系统把距离飞机最近的导航点放在最前面。虽然机长看到了罗左并输入了"R"命令,但在计算机看来,那只不过是第一个距离飞机最近的首字母为"R"的导航点。按照美国航班的工作程序,在输入一项命令前,比如输入字母"R"之前,应该请另一名飞行员确认,让对方看看是不是正确。不幸的是,这名飞行员并不知道这个"R"代表的是另一个位于他们后面211千米外的一个机场,那个地方大约处于他们七点时所在的位置,飞机自动导航仪开始以此点定位。

时间一分一秒过去,965次航班也离机场越来越远。就在副驾驶手忙脚乱翻阅航线图表的时候,机长也在忙于寻找无线电导航点。机长不停试图调整无线电接收装置,希望能在电子屏上找到一个导航点,可以定准方向。他们谁都没有注意飞机的航向。在以往来讲,自动驾驶仪可谓是飞行员最好的帮手。有了它,驾驶员的工作强度大大降低,安全性也有了很大提高。但是,这一切都是建立在正确航线和正确指令的基础之上的。电脑只是电脑,它永远不知道选择,只知道执行。机长塔夫里错误的指令使得电脑把飞机带离了正确的航线。因为已经决定飞向罗左导航点,机长塔夫里忽视了距离飞机最近的导航点并不是罗左这个情况,他输入后直接按下了执行按钮,也没有

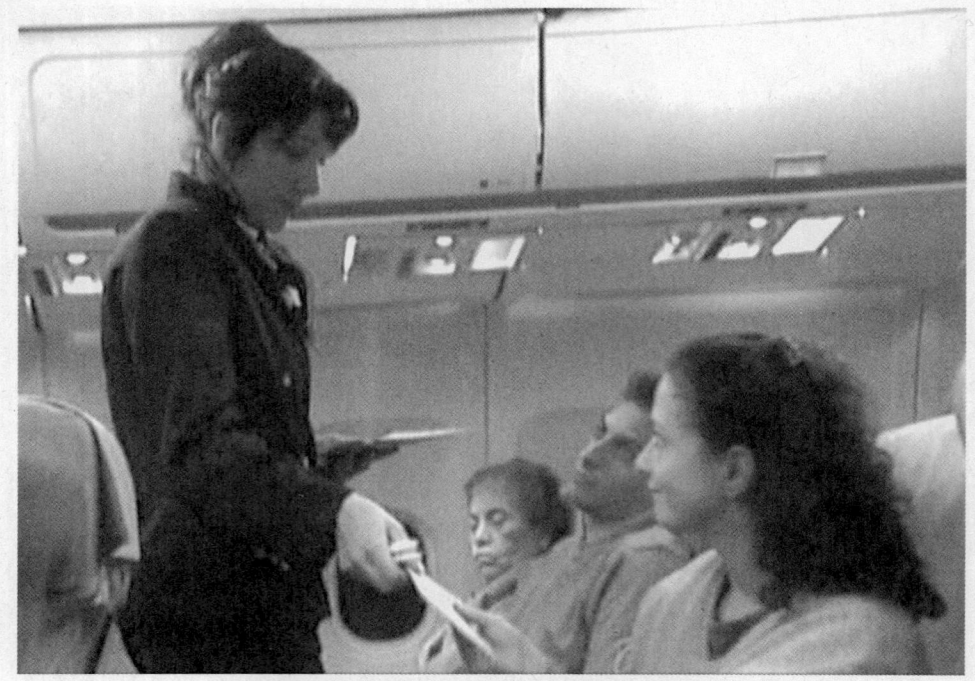

◎当飞机迷路的时候，客舱内的乘客对危险一无所知

让副驾驶加以检查验证。此时飞机由自动控制仪控制，错误的航线信息使得自动驾驶仪偏离了正确的方向。飞机偏向了机场北方，而飞行员对此毫无觉察。飞行员以为飞机还在正确的航道上，殊不知，此时飞机正在朝山谷逼近。在能见度不足10千米的夜晚，965次航班以每小时超过480千米的速度飞行，下降的速度超过了每分钟400米，他们正朝着死亡飞去，悲剧的命运不可避免。

在本该降落着陆的时刻，965次航班还在天上飞行。他们没有接近机场，甚至没有到达卡利。他们彻底迷路了。此时机长塔夫里再次做了错误的决定，他们决定放弃土拉，直接飞往机场。两位飞行员并不知道，当飞机偏离航线时，飞机已经越过了山脉。现在正在另一个山谷里飞行。乘客更不会想到，在不到60秒钟里，飞机将以每小时336千米的速度飞向死亡的深渊。

波音707的机载雷达发现了前方的山峰，近地坠毁警报不断响起，这加剧了飞行员的紧张和恐慌。两位飞行员不知道具体情况，此时唯一能做的就是拉升飞机高度。

但此前打开飞机减速装置的行为使航班失去了最后的机会。机长死死地握住飞机操纵杆，拼命向后拉，希望能够带领飞机脱离险境。707飞机发出巨大的轰鸣声，机头抬了起来，飞机剧烈上升。乘客们被飞机的动作吓坏了。他们不知道发生了什么危险，但情况明显不妙。所有的乘客都陷在座椅里，忍受飞机的剧烈抬升。先前吵闹的孩子们早已闭上了嘴巴，钻进父母的怀中躲了起来。默西迪丝·拉米雷兹意识到大事不好，她害怕极了，只好死死抓住父亲的手，一语不发。老拉米雷兹先生也惊惶失措，不知如何应对。他一边安慰身边的女儿，一边告诉前边坐着的妻子要镇定。飞机此刻变成了一架巨大的过山车，载着乘客体验撕心裂肺的失重之感。乘务员们乱了方寸，有人想在客舱安抚惊慌的乘客，但巨大的抬升动作使人根本无法站立。人们都在尖叫，飞机上的所有人都意识到要出事了。

乘务长米娜拨通了驾驶舱的电话，但没有人应答。两位飞行员无暇顾及其他，他们正在努力使飞机恢复高度。不接电话，机长也没有对客舱的广播，到底发生了什么？米娜已经在飞机上服务了近5年，经验告诉她：飞机遭遇了危急时刻。虽然努力想说服自己要镇定，但恐慌还是袭上了米娜的心头。她坐在乘务员专用椅子上，闭上双眼，开始祈祷。

◎技术专家在还原事故发生时的情景，他指出飞机坠毁前经历了激烈的飞行过程

冲向山峰

导航员纳尔逊年纪40多岁，为卡利指挥中心工作已逾10年。在他工作的过程中，经常接触到来自美国的航班。导航员工作虽然辛苦，但责任重大，纳尔逊喜欢这份职业的成就感。在天空之上，正是导航员与飞行员的密切合作和大力配合才保证了飞机的安全。已近圣诞时节，纳尔逊的办公桌上摆放着一棵小圣诞树的模型。这是同事送给他的，上面还挂着许多小小的礼物。纳尔逊瞅了一下时间，现在是9点10分，965次航班应该进场了。政府军与反政府武装在过去的一年里冲突不断，处于劣势的反政府武装打开了游击战。许多诸如电力塔、高速公路和雷达等与军事相关的重要设施遭到破坏。这给民航的工作也带来了麻烦，失去雷达，导航员犹如失去了眼睛。航班的航线、位

◎导航员纳尔逊失去了与航班的联络，不祥的预感笼罩在他的心头

置及高度都无从知晓，只有频繁与航班飞行员联系。导航员的工作强度因此加大许多，工作了 5 个小时的纳尔逊此刻也觉得筋疲力尽。但工作仍要继续，对导航员而言，航空安全高于一切。纳尔逊揉了揉眼睛，打起精神，联络即将着陆的 965 航班，他打开无线电，拨到 965 航班的通信频率上，开始呼叫机组人员。

"美国 965 航班，请报告航班所在位置。"纳尔逊问道。

……

"965，这里是卡利机场，你能听到我吗？"

……

"美国 965 航班，到达机场何处？收到请回答。"纳尔逊继续问道。

……

耳机里仍然寂静无声，只有沙沙的杂音。

纳尔逊有些惊慌，没有雷达，无线电也没有回应。本该马上着陆的 965 航班失去了联系，不知所踪。纳尔逊又利用无线电呼叫了几遍，结果仍然是没有回应。

"他们去了哪里？为什么不回答？"纳尔逊心中猜测，"难道飞机出事了？"

想到飞机可能出现事故，导航员纳尔逊不禁后背发凉。他稍稍镇定了一下，决定向上级汇报这个突发状况。

接到纳尔逊的电话，卡利机场指挥中心主任曼德拉非常惊讶。地面与飞机

◎卡利机场指挥中心主任曼德拉第一时间接到了警报，他在回忆当时的情景

失去联系，意味着航班只能在黑暗中独自摸索，一旦飞行员不能准确获知地面机场信息，飞机将面临极大威胁。曼德拉命令导航员继续呼叫 965 航班，同时通知机场调度室，让他们发布一道 965 航班将要延迟的信息。

已经晚上 9 点半了，杰克·威尔逊夫妇在机场通道出口处焦急等待。按照飞机到达时间，此刻他弟弟一家应该出现在出口处了。杰克·威尔逊在卡利自己经营着一家小旅店，圣诞节来临前旅店的生意相当火爆。但杰克·威尔逊还是放下了工作前来机

◎接机的人们正在等候亲人的到来，他们此时还不知道飞机坠毁的消息

场迎接弟弟全家。弟弟汉斯·威尔逊居住在美国，已经好长时间没到哥伦比亚来了。杰克·威尔逊迫不及待想要早点见到弟弟一家，他那从未见过的侄子今天也会来。正在夫妻俩翘首期盼的时候，威尔逊太太发现电子显示屏上打出了965航班晚点的信息。

"亲爱的，快看，飞机晚点了。"威尔逊太太摇着丈夫的手臂，用手指着电子布告牌说。

"哦，怪不得还没到。"威尔逊也看到了公告。

◎机场显示屏上打出飞机晚点的信息，人们开始变得焦躁不安

此时通道附近已经聚集了不少前来接机的人们，和威尔逊一样，他们对飞机晚点也感到疑惑。在飞机将至的时候突然发布晚点，这个举动不太寻常。人群中有人开始议论。威尔逊心烦意乱，心里掠过一丝不祥的预感。他暗暗祈祷，希望自己的担心只是多余。

965航班失踪了。他们偏

离了航线，根本就没有到达机场上空。机组人员在距离机场还有几十千米的地方迷路了。飞机沿着山谷向北前进，渐渐陷入山峰的包围。自以为机场就在眼前的驾驶员降低了飞机高度，707客机保持在3000米高度开始减速。当

◎此时的波音707客机已经坠毁在山谷，变为了一堆废墟

前面一座3000多米的高山突然出现之时，机长和副驾驶陷入了绝望。他们努力拉升飞机高度，希冀在最后一刻躲开高山。但一切都晚了，飞机在连续发出十几声坠毁警告后一头撞上山峰。当导航员开始呼叫机组的时候，965次航班已经变成了一堆废铁。

机场方面还在等待，虽然知道大事不妙，但仍存一丝幻想。导航员纳尔逊不断从塔台向天空望，希望飞机能突然在机场上空出现。在他的职业生涯里，从来没有经历过飞机坠毁这样的事情。他希望飞机只是暂时迷路了，或者无线电暂时失灵。虽然机场能见度不错，夜空也很晴朗，但期盼中的飞机一直没有出现。

终于，接近晚上10点半的时候，机场负责人发布了飞机坠毁的消息。965次航班的家人和朋友闻听消息，悲痛的情绪迅速笼罩了整个机场。本来飞机到达时间一拖再拖，流言和各种说法开始在机场传开。但每个人心中都不愿相信飞机遭遇事故，他们不断要求机场提供最新信息。当最终得知965次航班坠毁之后，接机的人们陷入震惊和伤悲，有几位女士

◎机场起初发布了航班晚点的信息，紧接着又证实了航班坠毁的灾情

控制不住开始哭泣，还有人接受不了这个现实昏了过去。

迫在眉睫的事情就是尽快展开救援，虽然没人知道飞机坠毁在何处。

◎警察发现了飞机坠毁的准确地点，救援随之展开

卡利地方警察局在晚上10点左右接到了报警。报警电话是由卡利北部布加镇的居民打来，他们说听到了不同寻常的巨大爆炸声，希望警察能来看看。充满节日气氛的时候出现剧烈爆炸，警察局不敢怠慢，急忙派附近的警察前去查看。反馈回来的信息令人震惊：警察爬上山谷，发现一架飞机坠毁在这里。救援队开始行动，附近的医疗机构也做好了接治伤病员的准备。

卡利市政消防大队队长罗迪被紧急任命为救援小组组长，他将带领50多名专业的救援人员先期赶赴现场。在他们出发之后，警察和医生也随之前往事故地点。哥伦比亚军队也接到了命令，但由于时值深夜，空军的直升机只有等到天亮才能飞往布加镇的山谷。

罗迪和他的救援队分乘十几辆救援车辆赶往布加镇。到达山脚下时已经11点多了。救援队在一块平坦的地方临时搭建了指挥所，发电机也开始工作，现场一片忙碌。当救援队沿着山路向上攀爬时，他们发现情况非常糟糕。

◎救援队争分夺秒，力求早点到达事故现场

由于连日阴雨，通往山顶的道路变得泥泞难行。救援队携带着沉重的装备，无法借助车辆，只好一点一点往山上攀爬。队员们没有照明设备，只能依靠头盔的头灯照路。湿滑的山路几乎寸步难行，救援队员们手脚并用，一点一点向山顶前进。接近3000米的高山在此时几乎成了不可逾越的天堑，队员们喘着粗气，排成一溜向顶峰进发。

深夜的山区气温很低，但每个人都是大汗淋漓。虽然困难重重，救援队仍然拼命整夜爬山，他们盼望着飞机上还有幸存的乘客。对于身陷危难的乘客而言，这时的每一秒钟都意味着重生的机会。

罗迪参加过许多次危急情况的救援，拯救失事飞机却还是第一遭。他走在队伍的最前面，和两个队员负责探路的工作。道路泥泞难行，灌木和树枝更增加了前进的难度。这位性格坚毅的队长没有被困难吓倒，他不断地给身后的队员鼓劲，催促大家加快速度。失事飞机的情况一无所知，前进的速度又缓慢艰难，救援行动正经受真正的考验。

此时，在飞机坠毁的现场，幸存者的境遇更是艰难。黑夜加上恶劣的道路状况，使得救援队直到凌晨3点才真正到达事故现场。在这段时间内，飞机上幸存的乘客经历了难熬的6个小时。

◎救援人员在展开救援工作

大学生毛里西奥·雷耶斯是少数几个幸存者之一。他神奇般地躲过了死神，除了身上的几处擦伤和肩膀骨折外，毛里西奥·雷耶斯没有受到致命的伤害。飞机坠毁的刹那，这名运气极好的大学生被头顶塌落的金属支架保护起来。成堆的钢铁碎片就堆积在他的头顶。他所坐的座椅被巨大的冲力扭断，幸好有安全带的保护，被甩出很远的毛里西奥·雷耶斯只受了一些轻伤。突如其来的灾难让他意识恍惚，当他确认自己还活着的时候，毛里西奥·雷耶斯解开安全带，捂着受伤的肩膀逃离了飞机残骸。躲在一棵树下的大学生惊魂未定，他看着周围的一切，几乎不能相信自己的眼睛。

无助飞行
WUZHU FEIXING

◎大学生毛里西奥·雷耶斯幸运地躲过了死神，他第一个逃出了飞机

借着月色和星光，毛里西奥·雷耶斯发现自己置身于一个巨大的垃圾场。周围全部都是飞机的残骸，他不明白一架飞机粉碎后为何会变成这副样子。大大小小的碎片随处都是，几乎没有立脚之处。四周有几声微弱的呻吟传来，但很快就不再出声了。

毛里西奥·雷耶斯挣扎着在四周搜寻，想看看有没有人需要救助。但周围如死一般的寂静，只有风声和飞机碎片发出的"咔咔"声。这种寂静让他感觉生不如死，侥幸逃生的幸运感渐渐消失。受到强烈刺激的毛里西奥再也控制不住，他一屁股坐在地上，靠着树干发出无声的抽泣。

汉斯·威尔逊被背部的剧痛疼醒了，他是这次事故的另一名幸存者。他坐在毛里西奥·雷耶斯的左边，那个塌落的金属架同样也救了他的性命。背部的伤痛如刀割一样，时不时还向头颈处传来。汉斯费力地从垃圾堆中钻出来，在月光下，他发现自己简直成了一个血人。意识到自己还活着，死里逃生的汉斯马上想到了孩子们——他那可爱的一儿一女。想到他们和他们的母亲可能已经遭遇不测，汉斯发疯一样地大叫："伊洛塔，能听到我吗？"

◎死里逃生的汉斯意识到自己的女儿还活着,他拼命呼救,希望有人帮助他

◎坠毁的飞机已经化为了碎片,大多数乘客在第一时间已经罹难

空中迷航

汉斯·威尔逊深一脚浅一脚在飞机残骸中搜寻自己的亲人,在他目光可及之处,尸体随处可见。汉斯不顾自己的伤痛,大声呼喊亲人的名字,希望他们还能有人幸存。终于,在他摸了一圈回到原地之后,有一个带着哭声的童音在呼唤:"爸爸,我在这里,快来救我出去。"汉斯听出来那是女儿米雪儿的声音,他欣喜不已,连滚带爬向声音的方向摸去。

汉斯六岁的女儿米雪儿也活了下来。飞机坠毁后,小女孩由于体重小没有被冲力甩出,安全带仍然把她固定在了座椅上。尽管她的双腿被压住不能动弹,但上身没有遭受严重伤害。小女孩迷迷糊糊听到有人在呼唤自己的名字,当她发现是爸爸在叫的时候,米雪儿开始大声呼救。

"爸爸,我在这儿!爸爸!"声音来自一堆碎片之下,虽然微弱,但听上去女儿的状况还不是非常糟糕。

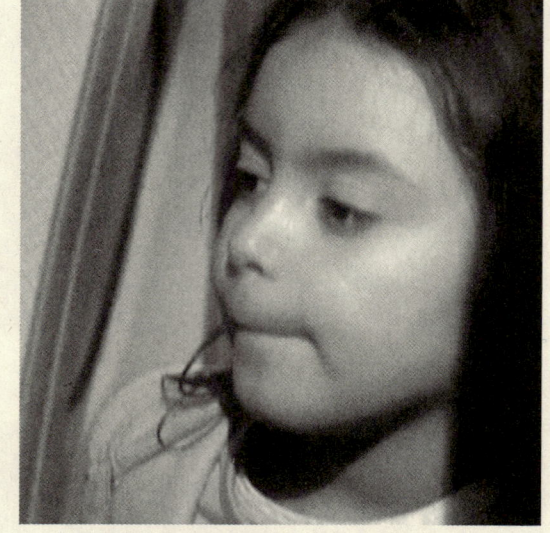

"米雪儿?宝贝你在哪儿?"汉斯用手搬动身下的残骸,希望找到自己的女儿。

◎女孩米雪儿是这次空难中唯一幸存的儿童

"爸爸,我的腿好疼。太疼了!"女儿开始哭泣。

听到女儿的哭声却不能把救出,甚至不知她身处何处,这让悲愤的父亲几乎疯狂。成吨的碎片覆盖住了声音的来源之处,汉斯仅凭一双手无法救出女儿。

"米雪儿,爸爸出去找人,马上就回来救你。你不要睡着了,在这里等爸爸,好吧?"汉斯决定寻求别人的帮助,自己一个人无法救出女儿。他四处环顾,已经适应了黑暗的眼睛发现机身后侧有一个破孔。汉斯忍着伤痛,向破孔爬去。他在心里暗暗祈祷,希望外面有人能够帮助他救出女儿。当汉斯·威尔逊费尽力气爬出飞机后,他发现外面根本空无一人。意识到可能整个飞机的乘客都已遇难,汉斯感到不寒而栗。他想回去救女儿出来,但飞机残骸压住了女儿的位置;想到附近找人来帮忙,但自己连身处何处都不知道,眼前只是巨大黝黑的山峰。绝望的父亲不知如何是好,他犹豫了一下,转身又爬进了飞机。汉斯告诉自己:他不能放弃自己的女儿,也不能放弃生死未明的儿子和妻子。这个已经严重失血的男人下了决心:如果不能找到并救出他们,不如干脆全家死在一起。

筋疲力尽的父亲重新回到女儿的位置。他故意装出轻松的口气,对埋在废墟下的女儿说道:"米雪儿,救援的人很快就来了,你很快就能出来。"

怕女儿一旦睡去就不能醒来,汉斯对女儿说:"宝贝,千万不要睡觉,和我说话好吗?"

这名可怜的父亲除了不停和女儿说话,再也做不了什么。此时山上的气温很低,并且还在急剧下降。幸存者处境危险,因为没有保暖衣物,几个小时后他们就可能被冻死。如果得不到及时的救助,即使幸存者能躲过飞机坠毁的灾难,也无法逃避低温的威胁。

悲惨的结局

救援队花了6个小时才抵达事故现场。罗迪和队员们顾不上休息,在满地的废墟和残骸中搜寻幸存者。他们首先发现了毛里西奥·雷耶斯,这名情况尚好的幸存者让救援队惊喜不已。很快,接下来的事实让救援队深感挫折。尽管他们仔细搜索,还是只在现场找到了两位活着的乘客——汉斯·威尔逊和他困在残骸中的女儿米雪儿。救援队优先抢救这些还有意识和生命体征的乘客。由于飞机还不能到达,罗迪和队员们利用现场的飞机残骸拼凑了一副担架。小女孩米雪儿和她的父亲伤势都很严重,必须马上抢救。队员们没有其他运输途径,只好冒险用担架把伤员运送下山。罗迪领导的救援队又一次展现了非凡的勇气。队员们轮流接替,用担架把米雪儿连夜送下了山。其他伤者必须等待天亮,空军的飞机可以把他们送到医院进行抢救。

默西迪丝·拉米雷兹是最后一个被直升机运走的伤者。她一条腿骨折,头部也受到了撞击。飞机坠毁后,默西迪丝·拉米兹醒来的第一反应就是"冷"。她是这次空难事故的最后一名幸存者。她躺在几吨重的金属堆中间动弹不得,寒冷和伤痛让她痛苦难忍。飞机撞山的那一瞬间,她感到机舱的后部猛烈震动,随之传来巨大的响声。惊恐的女孩死死抓住父亲的手,随后就什么也不知道了。当她醒来时,发觉四周一片

◎清晨,空军的直升机终于发现了伤者,这给救援争取了宝贵时间

狼藉。刚才还置身于温暖明亮的机舱,有父母陪在身边,转眼间就变成地狱般恐怖的环境。飞机彻底解体了,巨大的撞击力撕裂了机身,使之变成了一堆钢铁碎片。默西迪丝·拉米雷兹想爬起来,刚一动弹就又倒下。她想呼救,却只能发出微弱的声音。不知过了多久,半昏迷中的默西迪丝听到有直升机的声音在头顶响起,她努力睁开眼睛,发现天色已经亮了,一架直升机正在头顶盘旋。

◎默西迪丝·拉米雷兹在事故中受了重伤,她身体多处遭受重创

◎整个现场只有四人存活，悲惨的景象犹如地狱

　　幸运的是，不到三个月默西迪丝就恢复了健康，顺利出院了。但身体的伤痛远远不能与心灵的伤痛相比，在这次事故中，默西迪丝在自己的生日这天永远失去了父母。他们的尸体在事发几天后才被找到。算上她，整个965次航班只有四个人存活下来。小米雪儿和她的父亲经过抢救脱离了危险，毛里西奥·雷耶斯也保住了性命。其他运到医院的伤者不是早就死亡就是死在了手术台上。四位幸存者有一个共同的特征：他们都坐在机翼上方紧挨着的两排座位上。在这里因为有巨大的钢梁支撑着机翼，使得这个位置成了飞机上最坚固的部分。飞机解体时，巨大钢梁起到了支撑作用，保护了四位幸存者。

　　天亮之后，所有伤员都被运走抢救，救援队开始搜寻整理乘客的遗体。事故现场惨不忍睹。飞机撞山后，残骸的主体部分削掉了山顶，

◎美国国家运输安全局的专家受命调查这一悲惨的空难事故

◎965次航班变更原有计划改道降落的措施促成了这起空难事故，飞行员应该对此承担责任

最后落到山的西侧。巨大的撞击力使得飞机支离破碎，找不到一处完整的地方。在这起惨烈的事故中，163名乘客和机组人员只有四个人幸存了下来，专家后来把这起事故称做是一起"无存活事件"。由于事发于卡利，哥伦比亚民航局受命负责这起事故的调查，来自美国国家运输安全局的专家协助调查组开展工作。坠机事件发生后，航空界震惊之余也百思不得其解。波音707装备精良，美国航空公司是国际知名的航空公司，飞行员训练有素又熟悉航线，为何会发生偏离航线的错误呢？调查组很快就排除了有人阴谋破坏和出现机械故障的可能性。飞行员的表现成为调查组关注的重点。最终，黑匣子的发现让调查人员对美国965次航班失事的原因有了清醒的认识。所有的疑点都指向965次航班的机长，正是这位经验丰富的老飞行员最终酿成了大错。

黑匣子的飞机飞行数据和语音记录器为人们复原了当时的场景：1995年12月20日，美国航空公司的965次班机因为航班拥挤而延迟了起飞时间。机长和副驾驶在一

开始就对飞行时间比较敏感，希望能尽快抵达目的地，最起码也不要再发生延误时间的情况。在与卡利导航员通话后，机长错误理解了导航员的意思，把飞机电脑系统的剩余无线电导航点一并删除。这为灾难的发生留下了第一个隐患。

飞机接近卡利机场后，飞行员得到导航员汇报的关于机场跑道的信息，希望尽快降落的965次航班选择了变更原有计划改道降落的措施，这一动作使得飞机失去了在最后一个导航点校正的机会。在得知飞机迷路后，惊慌失措的飞行员丧失了冷静，他们没有遵守飞行规程。在机长草率输入错误指令后，副驾驶没有尽到检查核实的责任，紧接着他又放弃监控飞行的重要职责，转而去研究图表。这让偏离航线的飞机越飞越偏，彻底失去了找回位置的可能。

回顾整个悲剧的过程，一切就像一根链条，所有的错误汇到一起，最终造成了不可改变的灾难。就像绝大多数空难事故一样，一个单独的疏漏或错误从来不会让一架飞机坠毁，飞机失事总是一系列错误造成的。两位飞行员盲目的自信及面临危机大失水准的表现最终上演了一出悲剧。159人的死亡，其代价不可谓不惨痛。在调查小组递交调查报告之后，法院最终裁定965次航班的飞行员在接近卡利机场的时候处理不当，最终铸成了大错。美国航空公司承担了这次空难事故的大部分责任。痛定思痛，财务上的补偿对于死者的亲人和幸存者而言，这都是迟到和无奈的慰藉，而调查结果提供给航空业界的深刻教训，将帮助整个行业向着更加安全和高效的目标继续前进。

在夏季，美国南部诸州的天气变化特别剧烈，恶劣天气是家常便饭。1999年6月1日，一架喷气式客机从达拉斯起飞，试图在强烈雷暴中降落。带着巨大的呼啸冲破风雨，像一只离弦的箭扑向大地……

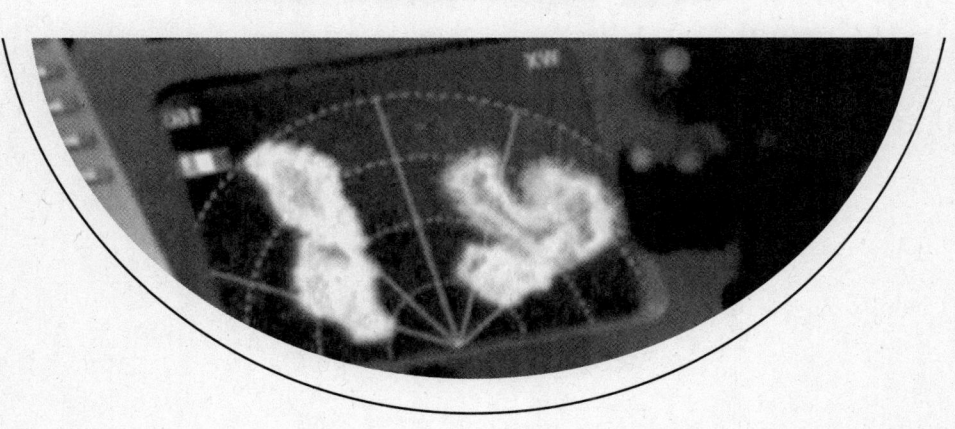

第三章
穿越雷暴

引 子

暴雨倾盆，狂风大作，雷电交加，能见度极低……在这样令人感到恐惧的雨夜，一架满载乘客的飞机正在与暴雨赛跑。不幸的是，这种号称速度最快的交通工具还是落在了暴雨的后面。航班最终抵达机场附近时，糟糕的天气状况令机组人员进退两难。当机长最终选择冒险降落后，悲剧已经不可挽回。飞机没有成功降落到跑道，而是最终坠毁在野外。包括机长在内的10人失去了性命，许多幸存者被大火烧伤。

为什么驾驶员会在雷雨交加大风肆虐的天气下尝试降落呢？悲剧过后，人们不禁追问。一切都与航空公司的市场竞争息息相关。在竞争的压力下，航空公司不得不在危险天气下执行航班，而飞行员并没有其他选择。随着航空科技的发展，机载雷达与地面指挥的先进设施可以为航班提供极大支持。但技术并不是万能的上帝，百密一疏的后果就是付出生命的代价。血的教训必须牢记，这也正是悲剧能带给人们最大的启示。

1 与暴风雨赛跑

2001年10月，正是美国科罗拉多一年中最好的季节。位于斯普林斯的美国空军学院墓地来了一群面色凝重的拜访者。他们手捧鲜花，在一座墓碑前久久肃立。这群人有一个共同的身份，他们是1999年6月1日小石城飞机坠毁事件的幸存者；而他们凭吊的对象，则是这次事件的责任者——美利坚航空公司飞行员布什曼机长。

时间过去两年多，幸存者心中的阴霾依旧未散。事故发生后，身心遭受摧残的幸存者自发地互相联系，彼此安慰，互相帮助。令人感动的是，即使有人在那次事故中永远地失去了自己的亲人，他们还是结伴来吊唁这位酿成大错的机长。错误也许不能原谅，但死者的灵魂却应该得到尊重。

这群人中，退休的中学教师马克·施密特心情尤为沉重。面对已经长眠地下的死者，老人心中百味杂陈。就在几天前，美国交通安全委员会刚刚公布了这次灾难的调查报告。报告对这次事件给出了两点结论：一是飞行员错误估计天气形势，在雷暴中强行着陆；二是飞行员着陆时没有打开飞机阻流片。两条原因，酿成了10人遇难的不幸事故。

◎空难幸存者的亲人和家人在哀悼这次悲惨的事件

◎航空公司签派员负责各个航班的起飞时间安排

马克·施密特在那次坠毁事件中，身体多处受伤。虽然他幸运地死里逃生，但肋部和肩膀的伤处至今还隐隐作痛。墓地周围绿草如茵，清新的空气中充满了泥土的气息。在正午灿烂阳光的照耀下，马克·施密特的思绪却回到了两年前那个恐怖的夜晚……

1999年6月1日，深夜11点刚过，达拉斯—沃斯堡机场上，美利坚航空公司1420航班正在做起飞前的最后准备。此时航班已经晚点，而塔台却迟迟没有发出起飞的命令。

飞机副驾驶迈克尔·奥里格尔感到了压力。他是一名新手，这是他第一次执行飞行任务。航空公司总是这样，一般都会安排一名经验丰富的驾驶员与新手一起执行飞行任务。这样既保证飞行安全，同时又可以训练新飞行员。已经有一万多小时飞行时间的机长布什曼经验丰富，看着自己的搭档坐立不安，他幽默地和这名年轻人开起了玩笑。尽管表面轻松，但机长的心中也有顾虑。

和迈克尔·奥里格尔心情一样，机长也想尽快开始这次飞行。半小时前的天气预报显示：目的地小石城西北方向正在生成暴风雨，并且以极快的速度向东南方向转移。因此，如果一个小时内还不能起飞，他们将在降落时遭遇这次雷暴天气。

"请接签派员，我是迈克尔·奥里格尔。我们已接近法定时限。"焦躁不安的副驾驶终于忍不住了。

"好的，1420航班可以起飞！"沉默片刻后，指挥室终于给出了起飞的命令。

在分析了天气简报之后，签派员作出了准予起飞的决定。

在夏季，美国南部诸州的天气变化特别剧烈，恶劣天气是家常便饭。暴风雨不仅会导致航班延误，而且还会给商业客机带来严重威胁。但日益加剧的竞争压力更大，为获取最多利润，航空公司必须顶住重压。

23点10分，1420航班冲上跑道，呼啸着飞向黑漆漆的夜空。飞机上139名乘客并没有意识到，接下来的一个小时后，他们将面临一生中最为惊恐和危险的时刻。

马克·施密特坐在靠近机翼的位置上。他搭乘这夜间航班，是为了去小石城访友。他最好的朋友、生物学家约翰已经向他发出了好几次邀请。想到明天就能同好友一起欢聚，谈论他们都共同喜爱的生物学话题，施密特心中因为航班晚点的不快稍稍减轻了些。他左边的中间位置上是一家三口。母亲，儿子和女儿。其中女孩明显是第一次坐飞机，对飞机上的一切东西都感到好奇。

◎1420航班终于获准起飞，巨大的波音飞机载着139名乘客飞上了蓝天

◎美利坚航空公司是美国著名的商业航空公司，市场竞争的压力迫使公司不得不在危险天气下执行航班

飞机起飞到正常高度，马克·施密特和这位母亲寒暄了几句。交谈中得知，这位名叫辛迪·古德的女士就住在小石城。她刚刚和儿子、女儿度假归来，由于天气恶劣，很多航班晚点，不得不选择了1420航班。

时间已近深夜，机舱内变得安静，只有空乘小姐柔和的声音不时响起。在乘客看来，这次飞行除了晚点之外，并没有什么特殊和不祥的征兆。然而在驾驶舱内，飞行员开始遇到了麻烦。

起飞之初，塔台指挥员传来信息，小石城方向的暴风雨虽然猛烈，但在航线上却留有一条通道。这种空中的通道，有点像保龄球道，虽然两侧都有沟壑，但中间却是平坦光滑的通路。签派员认为飞机可以及时赶到，在通道合拢之前顺利抵达目的地。正是这个判断，加上晚点的情况，令指挥员作出了起飞的指令。

对于经常穿越美国南部航线的飞行员来讲，夏季的坏天气犹如家常便饭。没有人会喜欢在雷雨交加大风肆虐的天气下驾驶飞机，但随着航空科技的发展，机载雷达与地面指挥的先进设施可以为航班提供极大支持。全天候的自动驾驶系统在航空领域得到了全面采用，这为飞机安全驾驶提供了硬件上的保证。飞行员的经验也很重要，严格遵守飞行规程、妥善谨慎采取措施，可以保障每一次飞行都在飞行员的掌控之中。航空领域自从商业化运转之后，危险程度其实越来越小，这也是商业航空飞速发展的前提之一。1420航班起飞40分钟后，当距离目的地还有160千米时，暴风雨早已降临小石城，并且来势凶猛。

◎1420航班起飞之前，天气预报就提示天气状况正在变得恶劣和糟糕

两位驾驶员尽管早有预料，但也无法对恶劣的天气状况掉以轻心。他们时刻关注天气信息，以及时主动采取措施。驾驶舱的机载气象雷达扫描显示，飞机前方出现一个锥形区。这意味着前方有大范围恶劣天气。嘟嘟作响的红色警示也表明，航班将在前方遭遇强烈风暴。

"情况有些不妙。"害怕初次执行飞行任务的搭档更加紧张，布什曼机长故意轻描淡写地说。

"是啊，本来以为能赶在暴风雨之前到达呢。" 迈克尔·奥里格尔眼睛紧紧盯着雷达屏幕。

"加快航速，尽快穿过雷雨区。"机长很快作出决定。

"恐怕不好办，我已经看到了闪电。" 迈克尔·奥里格说。

"是的，但我们必须加速。否则天气越来越糟。"虽然语气坚定，布什曼的眼神还是闪出一丝犹豫。

一场与暴风雨的速度竞赛开始了。

1420航班的飞行员发现原先估计的形势有了变化，他们本以为能赶在暴风雨来临之前降落小石城。可惜，没有翅膀的强对流天气似乎跑得更快。两位飞行员临时作出决定：加速前进，在最后的160千米航程里赶上风暴。

"告诉乘客，飞机将要加速前进。"乘务长薇薇安突然在耳机里听到了机长布什曼的声音。

"持续多久呢？先生。" 薇薇安问道。

◎乘务长薇薇安接到了机长布什曼打来的电话：飞机要加速前进

"我们很快将要抵达小石城机场，告诉乘客飞机可能会有些颠簸。"布什曼的声音显得有些焦急。

"明白，先生。" 薇薇安回答道。

其实，在听到乘务员的通告之前，客舱内的有些乘客已经感觉到异样。

坐在飞机中段的马克·施密特很快发觉座椅安全带似乎变得紧了些，一股不大不小的推力压向他的后背。原本平稳飞行的飞机也出现状况，开始变得摇晃起来。马克·施密特向窗外看去，有闪电在飞机侧翼的远方飞舞。这些时隐时现如金蛇狂舞的电光，在夜空中显得诡异和令人不安。

一股不祥的念头，猛然间涌上这位老人的心头。

多么熟悉的场景！似曾相识的画面！

置身于颠簸摇晃的机舱内，看着窗外雷电闪烁，马克·施密特突然想起，自己好像曾经几次梦见过这个情景。每次的细节都不一样，但最后的结局却都是从梦中惊醒。

"上帝保佑！不要出什么乱子。"马克·施密特安慰着自己。

在万米高空，在这样风雨交加的夜晚，担心和紧张在所难免。

身着制服的空乘人员开始对乘客喊话："请注意！请各位检查自己座椅的安全带。飞机将要遭遇天气状况，可能会有些颠簸。"

"妈妈，飞机在上下跳动呢。"旁边的女孩兴奋地对自己的母亲说。

飞机上所有的旅客都注意到这种情况，一阵轻微的骚动迅速在客舱内传递。

◎幸存的旅客介绍：在飞机刚刚开始颠簸的时候，没人会想到这只是灾难的开始

富有经验的乘务长薇薇安表现镇定，她有条不紊地继续为乘客服务，甚至在为顾客倒水时开起了轻松的玩笑。她知道，自己的表现可以安抚乘客的紧张，而其他服务人员，也可以从自己的镇静中得到鼓励与支持。飞行工作就是这样，担心无时无刻不在，但每次都能化险为夷。

机长布什曼眉头紧锁，问副驾驶："还有多远？"

"距离小石城23分钟。"副驾驶一边回答，一边用手指着导航仪屏幕说，"这是航线。"

"我知道，很快我们就应该能看见小石城城市的灯火了。"机长布什曼说道。

副驾驶问道："那我们应该降低高度吗？"

布什曼没有马上回答，他做了个"稍等"的手势，打开机长麦克风，开始对乘客讲话。

"这里是美利坚航空公司1420航班，我是本次航班的机长布什曼。现在距离前方机场还有128千米，我们即将向机场方向降落。在飞机一侧，我们能看到令人眼花缭乱的电光表演，之后，飞机将降落小石城，感谢大家搭乘本次航班，欢迎再次乘坐美利坚航空公司的班机。"

看到机长有条不紊的坚毅表现，迈克尔·奥里格尔心中稍稍安定一些，不禁为自己刚才的慌乱感到好笑。他重新集中精神，把注意力放在仪表板上。

1420航班穿越风雨，向着小石城方向继续前进。

危险的降落

阿肯色州小石城机场上空的天气糟糕透顶。巨大的闪电在机场上空肆虐,炸雷一个跟着一个,甚至开始下起冰雹。这种天气下,所有待起飞的航班都停止下来。塔台指挥员尼布尔坐在雷达前方,正聚精会神关注着航线的状况。

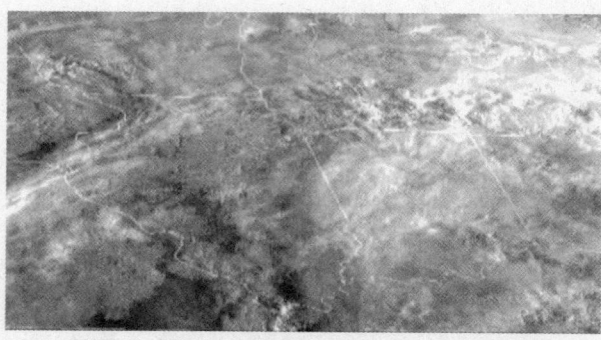

◎1420航班的目的地小石城机场上空的天气糟糕透顶,有强烈的对流天气产生

"这鬼天气。"尼布尔喃喃自语。

尼布尔在塔台已经工作了五年,他喜欢自己的这份职业。虽然没有机会飞上蓝天,但能为航班保驾护航尼布尔已经感到非常满足。塔台的工作烦琐而紧张,容不得丝毫马虎。长期的高强度工作,尼布尔已经养成了未雨绸缪的工作习惯。

此时，1420航班就在他的雷达显示屏上，飞机离机场已经不远了。也许应该提前通知航班，毕竟机场的天气糟糕透顶。

就在尼布尔打算联络1420驾驶员。耳机中突然传来机长布什曼的声音："塔台，1420航班正接近机场。"

"好的，我们已经发现了你们。" 尼布尔立即回答说。

"请告知机场天气情况。" 机长布什曼担心地问道。

"好的。机场西北方向出现雷暴，正向机场方向转移。280度风28米/秒，阵风44。" 尼布尔毫不犹豫地回答说，"天气状况不甚理想，请注意。"

听到塔台指挥员尼布尔的天气预警警报，驾驶舱的两位飞行员更加紧张。

大风的程度令他们感到不安。一般情况下，28米/秒的阵风足以吹掉屋顶上的瓦片，而如果飞机降落时遭遇这么大的侧风，会使着陆更难以控制。这种情况下，飞行员必须迅速确定飞机是否还在安全的理论极限之内。他们需要对着陆时的侧风强度进行精确计算。否则，着陆将变得异常危险。

◎两位飞机驾驶员遭遇风切变，情况变得危急

"机长，现在数据是280度风44米/秒。"

"是的，阵风44。"

"那已经接近理论极限了。" 副驾驶有些担心。

"是的，风向偏40度。已非常接近着陆时的安全极限。另外，侧风的理论极限是30节，但指的是干跑道。"

"那湿跑道？" 迈克尔·奥里格尔急忙追问。

"20节。"

"现在是25节，怎么办？"

……

"准备降落！" 机长发出了命令。

上一阵摇晃还未消散，更加剧烈的颠簸就随之而来。飞机像喝醉酒一样上下左右颠簸摇摆，乘客中有人开始发出了惊呼。

辛迪·古德紧紧握住两边儿子和女儿的手，一丝也不敢松开。女孩惊恐不已，此时完全忘记了初次乘机的新鲜，只是把头拼命靠向自己的母亲。前排一位头发花白的老年

◎机舱内的乘客注意到了飞机的异常，开始警觉起来

女士，由于持续的颠簸和惊吓，此时已陷入了半昏迷状态。空乘人员手忙脚乱，跑来照顾她，把她抱在怀里，另外一个人按摩她的胸口。只有薇薇安，仍然保持不慌不忙的态度。她走到每一位乘客的身边检查安全带，安慰哭闹的小孩子，并且给几位脾气暴躁的乘客不断道歉和解释。

马克·施密特呼吸越来越困难，恶心的感觉也愈加强烈。如过山车般的颠簸不仅给身体带来极大影响，对乘客的心理也是一种折磨。窗外的闪电已经近在眼前，巨大的火光瞬间把夜空照亮。马克·施密特坐在紧靠窗户的座位，巨大的颠簸伴随着闪电而来时，感受犹如乘坐奔赴地狱之车。此时，客舱里已经没人说话，连最爱

◎巨大的闪电就在飞机的一方不断闪现，令马克·施密特感到恐怖万分

抱怨的乘客也闭上了嘴巴。没有人知道何时能结束这种状况，没有人知道在这种状况下应该如何应对；所有人都把希望放在了驾驶舱的飞行员身上，希望他们能赶快结束这样的折磨。

布什曼与塔台的交流仍在继续。飞机不同寻常的颠簸让机长忧心忡忡，接下来塔台的坏消息加重了他的担忧。

"1420航班，请注意风切变警报！"尼布尔说道。

"1420航班请注意，我收到了风切变警报。"尼布尔在通话中不断警告1420航班。"风切变警报！机场中部，350度风32米／秒，阵风45；北侧，310度风29米／秒；东北侧，320度风32米／秒。"

警报中的风切变是指在恶劣天气下，短距离内风向的突然变化，时常与雷暴相伴而行，是一种危险的下沉气流。1420航班祸不单行。在及时赶上暴雨降落之前，他们又遭遇了风切变状况。这种危险的下沉气流会严重影响飞机的起降，搞不好就会出现不可预测的危险。

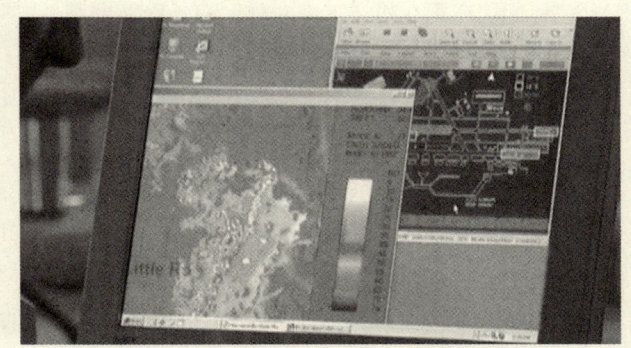

◎机长在雷达上发现，飞机可能遭遇风切变的危险

作为经验丰富的飞行员，布什曼深知风切变的危险。此时如果按照原计划降落，飞机将遭遇顺风，这是极大的隐患。布什曼决定采取措施——改变降落方向，逆风进场降落。

"调整角度，掉转方向，向右绕飞4000。"布什曼通知自己的副驾驶。

迈克尔·奥里格尔也知道风切变的威胁，他迅速搜集飞机周围的风力资料，马上回答道："340度风16米／秒，阵风34。"

"我们最好使机场位于航班右侧，这样就可以顺利降落。"机长给出了建议。

"明白。"奥里格尔回答。

"1420航班，同意你们临时改变降落方向，请密切注意风力。"尼布尔接到机长的请求后，马上同意了这个计划。

"1420航班,现在第二股风暴正穿过这一区域。机场出现大雨。可视度不足2千米。建议你们使用机载气象雷达捕捉雷暴信息，小石城的雷达系统并不如飞机上的先进。"尼布尔建议1420航班机组人员使用飞机机载雷达。

"好的，谢谢。"布什曼也知道，塔台工作人员已经尽了全力。

"我们现在已经到了机场上空。"副驾驶眼睛盯着仪表板，嘴里叫道。

"但你必须能够看到跑道，我看不到。"机长布什曼没有看到跑道。

"就在那里！我看到了！"副驾驶用手指向自己的右方。

"你只需告诉我正确的航向，开始减速。"布什曼大声喊道。

"好的，先生。"副驾驶大声回答。

"你们现在正在机场上空右侧，有什么需要帮忙的吗？"尼布尔看着塔台雷达急促地说。

"我们看到了机场，但现在云层很厚，视线不佳。我想应该是在我右侧三点钟的位置，大约7千米。"副驾驶回应说。

"正是这样。现在你们是选择目视进场还是盲降？"尼布尔问道。

"如果条件允许，我们选择目视进场。这样着陆时间将大大提前。"副驾驶决定目视进场。

"好的。1420航班，目视进场04右跑道。如果有情况，请立即通知我。"尼布尔有些高兴，航班终于发现了跑道。

在剧烈的雷暴之中，飞机做了个巨大的转向动作，开始向机场逆风降落。此时乘客的忍耐已到最大限度，他们都在心中暗自祈祷，希望这次降落顺利平安。

◎在狂风暴雨之中，机长一直没有发现跑道两侧的灯光，这使得降落更加危险

霉运一直伴随着1420航班。就在飞机准备目视进场完成降落之际，飞行员发现云层死死挡住了跑道的视线。

"我看不到跑道，无法目视进场。"布什曼机长又紧张起来。

"乌云太厚了，但我这个位置可以看到。"副驾驶回答。

"但我还是看不到，请求塔台使用无线电导引。我看不见。"机长决定继续向塔台求援。

"1420航班请求着陆。"奥里格尔开始呼叫小石城塔台。

◎机长注视着仪表板和显示屏，掌握最新的机场气象信息

"收到。"一直关注着他们的尼布尔马上作出了回应。

"在机场和航班之间出现了乌云，我们无法确定跑道的准确位置。我们需要你提供相关的着陆信息，谢谢。"奥里格尔说道。

"注意，航向220，电子仪表着陆系统准备就绪。"几秒钟后，尼布尔通知1420航班。

就在副驾驶迈克尔·奥里格尔和小石城塔台通讯的同时，机长布什曼一直在用视线寻找机场上的跑道。尽管他把眼睛都快瞪出来了，还是没有发现跑道两侧的跑道灯。事实上，从决定改变方向躲开顺风，到目视进场完成降落，再到寻求塔台导航指引，布什曼就一直没有发现机场或者跑道的灯光。

就像一只无头苍蝇，布什曼连自己的位置都无法确定。糟糕的天气，没有赶上雷暴的沮丧，加上始终无法发现机场，这种情况令他感到心烦意乱，不安的心理在暗自滋生。机长没有时间，也不可能把这个情况告诉副驾驶，只好期盼好运气保佑自己完成这次降落。在他的飞行生涯中，如此无助又混乱的降落程序，是他一生中所仅见。

布什曼机长无法再忍受这种毫无掌控的无助感觉，尽管一直没有清晰的发现跑道，他还是决定马上进场，安全着陆。他向副驾驶问道："可视距离！"

"900米"副驾驶马上报出数据。

"是04右跑道的可视距离吗？"

"是的。04右跑道准备着陆。现在，风为350度风30米/秒，阵风45。"奥里格尔回答。

"打开起落架，打开指示灯。"机长发出了降落的命令。

飞机陷入恐怖的颠簸之中，有一次颠簸后，一位乘客的孩子竟然从怀中飞了出去，摔得哇哇大哭。辛迪·古德心中别提有多么后悔。如果不是该死的大雨，如果不是孩子们开学要着急赶回去，她绝对不会选择在一个雷雨交加的深夜乘坐飞机。但是一切都晚了，现在她和两个孩子正在万米高空忍受着颠簸和摇晃。尽管乘务人员极力安

抚，辛迪·古德还是感到紧张和恐惧，她多么希望这只是一场噩梦，会在下一秒钟马上从黑暗中醒来。

"妈妈，我害怕，飞机颠得太厉害了！"女儿的声音里带着哭腔。

"不要怕，孩子。妈妈就在这里。"

"我们到哪里了？飞机会降落吗？"女孩紧紧抓住母亲的臂膀。

"很快就会好了。我们很快就到家了。"辛迪·古德故意放松自己的语气。

坐在母亲另一侧的男孩一言不发，只是深陷在座椅里，用汗湿的手牢牢抓着母亲。他是个男子汉，虽然此时他不知道应该如何应对，但镇静也许能给妈妈和妹妹带来一丝帮助。

◎幸存者说当时飞机找不到跑道可以降落，机上的乘客已经感觉到了不对，因为飞机飞行得很不平稳

雷暴似乎越来越猛烈，闪电的频率也越来越高。飞机摇摆着前进，就像一只无头的大鸟。马克·施密特似乎听到了机翼下的发动机发出一阵声响。正在他凝神静听的时候，飞机明显地下降，好像颠簸也同时减轻了一些。

突然间，一块巨大的乌云无声无息包围了他们。闪电的光芒都已消失不见。飞机被黑暗笼罩，一切似乎都陷入死寂。

布什曼机长发现浓厚的乌云就在机场的上方，降落方向被遮挡得严严实实。本来就没发现跑道的他更加慌乱。为明确飞机位置，副驾驶开始联系塔台。

"塔台，我们被乌云包围，无法目视进场，请告知飞机准确位置。"

"1420航班，目前机场04跑道上方有浓厚云层，04右跑道可视距离为500米。"尼布尔为飞行员报告机场天气情况。

"明白，谢谢。"副驾驶把脸转向布什曼。"机长，情况不妙！跑道可视距离只有500米。"

"见鬼！"布什曼骂了一句。

"怎么办？是否按原计划降落。"副驾驶希望机长尽快拿定主意。

此时的布什曼机长如果改变主意拉起飞机，在另外的机场实施降落，也许这场随后发生的悲剧还能避免。可惜，侥幸心理加上慌乱的大脑让布什曼失去了最后的机会。他在飞机侧翼大风、跑道可视距离不够的情况下实施降落，让这次旅行最终以悲剧收场。

"1420航班，请在04右跑道着陆。现在是330度风21米/秒。"尼布尔不遗余力地呼叫飞机，希望自己的信息可以帮上他们。

"该死的云层，我什么都看不见。"布什曼开始喊叫起来。

"副翼40，高度300米。"迈克尔·奥里格尔注视着仪表大声说道。

◎副驾驶是一名年轻的飞行员，他此前从未经历过这样恶劣的天气

"在哪里？跑道在哪里？！"机长大叫。

"在你的右方，就在乌云的下面，机长。"

"我看不见。"布什曼喊了起来。

"高度100！"迈克尔·奥里格尔大声读出高度仪上的数据。飞机好像没有减速，带着巨大的呼啸冲破风雨，像一只离弦的箭扑向大地。

"高度50！" 迈克尔·奥里格尔继续读表。

"40！"

"30！"

"20！"

"10！"迈克尔·奥里格尔声音已经变形。

"见鬼！"机长大骂。

"飞机正在滑行！"副驾驶的声音充满了恐惧。

"噢，不！"布什曼发出了最后的叫声："拉闸减速！！！奥里格尔，快拉闸！"

……

雨夜大营救

死一般的寂静。只有火焰燃烧的声音。

马克·施密特从昏迷中渐渐醒来。他躺在地上，身上压着一堆金属塑料等飞机的残骸，几乎没有足够的空间呼吸。浓烟包围着他，仅能看见金属和一点点光亮，感觉到脸上发热，头顶的灯光时明时灭，胸部和肩膀剧痛难忍。这是哪里？是地狱吗？巨大的撞击使这位老人多处受伤，耳中仿佛有一万个人在敲鼓。马克·施密特努力张大双眼，想分辨自己究竟身处何方。很快，他意识到自己还活着，正如他一直担心的那样——飞机坠毁了。

周围酷热难当，飞机正在燃烧。能听到几个人在尖叫，寻求帮助。清醒后的马克·施密特此时只有一个念头：离开这里。他忘记了身体的疼痛，拼命扯开安全带，挣扎着想离开座椅。难闻的燃烧气味充斥着空间，老人看不清楚飞机内的状况。整个飞机内呻吟声、呼救声响成一片，仿佛战场。马克·施密特顾不上许多，他手脚并用，凭借着机舱内微弱的光线，拼命向舱门爬去。沿途他不断摸到人的身体，有的还在呻吟和挪动。老人无暇顾及这一切，逃生的念头占据了一切。

◎飞机坠毁后的残骸

小石城机场消防队顿时警笛大作，值班队长汤姆森刚刚接到机场指挥部的电话：一架美利坚航空公司的麦道82型飞机失踪，极有可能已经在机场周围坠毁。虽然不知飞机的具体方位，但整个消防队还是立即进入紧急状态，所有人都按照操作规程准备出警。此时正是深夜，外面风雨大作，汤姆森一直与指挥部保持着联络，希冀能在第一时间得到飞机的具体方位信息。

◎目击者讲述当时那惊心动魄的一幕

同时，报警电话也打到了警察局。飞机上的乘客第一个打来了报警电话。乘客尼古拉斯第一个从机翼下的裂缝逃了出来。他从机翼上跳了下来，虽然身体多处擦伤，但并无大碍。一来到地面，惊惶失措的尼古拉斯马上拿出手机，拨通了911报警电话。

"警察局吗？！我们坠毁了，我们需要帮助！"尼古拉斯大喊道。

"你的名字，先生。告诉我你们现在的方位。"警察局的值班人员被吓了一跳。

"不知道。我不知道我们在哪里。请马上来，天哪，飞机已经着火了……"

亲历者估计仍未从震惊中恢复过来，语言混乱不清，无法提供确切的信息。

货车司机劳尔是第一个向警察局报告详细方位的目击者。深夜1点时分，他驾驶

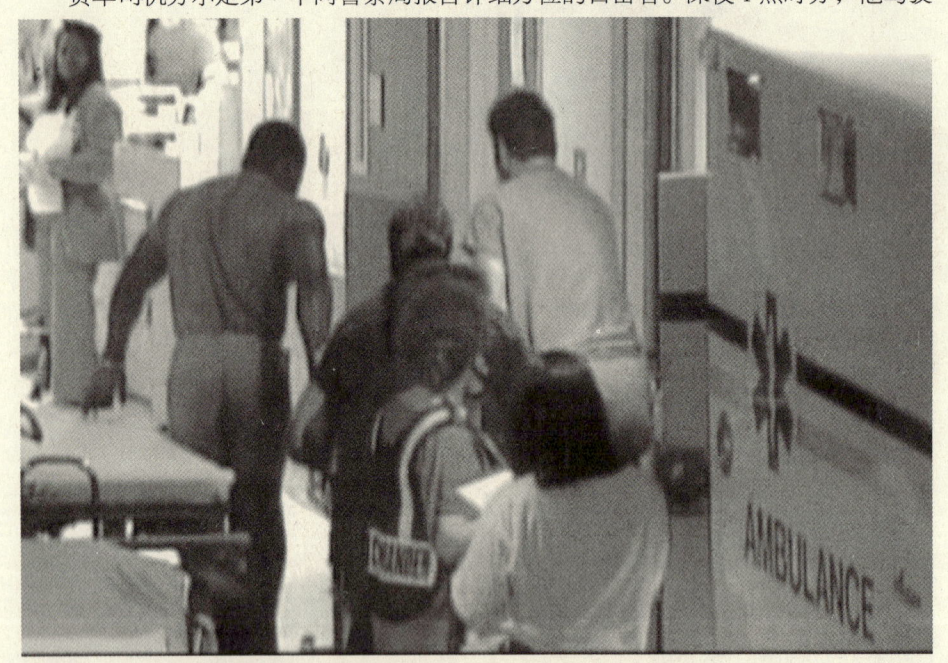

◎机场附近的医院迅速展开救援，救出的伤员被迅速送往了医院

着奔驰货车正行驶在通往机场的高速公路上，这批货物必须赶在2点前送往机场仓库，而糟糕的天气让他不得不谨慎驾驶。当车辆行驶到离机场仅有2千米的时候，突然前方出现了巨大的火光，随之而来的就是一声巨响。由于正处于公路拐弯的位置，劳尔清晰地看见了坠毁后的飞机。熊熊火焰划破夜空，把周遭照得如同白昼。惊呆的货车司机停下车，拨通了警察局的911报警电话。

所有的信息此时都指向一个可怕的事实：1420航班已经坠毁，伤亡人数不详，但

肯定有幸存者逃出了飞机。警察局把汇总的信息整理出来，第一时间通知小石城机场与附近的医疗机构。

指挥部人员此时一直与消防队保持联络，马上通知消防员赶赴事故现场。早已准备就绪的小石城机场消防队接到命令，三辆消防车拉起警笛，一字排开飞快地奔向高速公路。

飞机撞击地面目标后，副驾驶迈克尔·奥里格尔幸运地逃离了死神的魔掌。破碎挤压的前舱仪表板离他的身体仅有咫尺，再进来一点，他就性命难保。当飞机静止下来后，迈克尔·奥里格尔一边大声招呼机长布什曼，一边操纵手边的仪器按钮。他喊了好几声，机长布什曼也没有回应，只是低垂着头，双手以奇怪姿势撑在胸前，好像正在打盹小憩。副驾驶顾不上许多，马上找到并按下了舱门开关按钮。谢天谢地，尽管舷梯花了很长时间才放下，但舱门如愿打开了。这个举动，让许多乘客第一时间得以逃离飞机，挽救了生命。

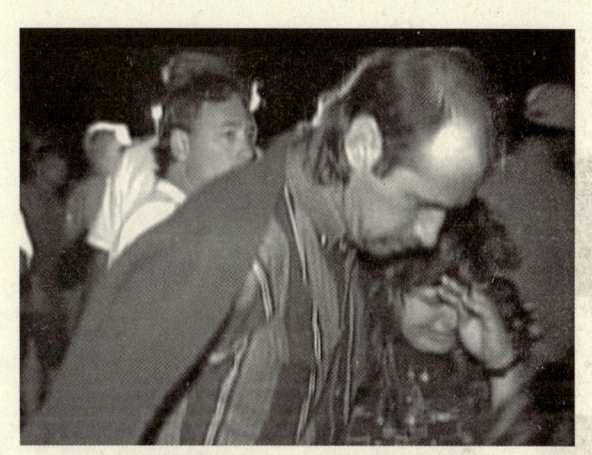

◎受伤的乘客被救援人员搀扶着离开现场

迈克尔·奥里格尔试图联系乘务员和客舱，却发现通讯系统已经失灵，耳机里传出的只是"沙沙沙"的噪声。他挣扎着站起来，伸手去拉机长布什曼，才发现他已经被死死卡在了座椅上，嘴巴和鼻孔有鲜血流出。又惊又悲的奥里格尔放弃了拯救机长的想法，用逃生绳索从驾驶舱窗户逃了出来。

飞机上的乘客在拼命自救，强壮和没有受伤的人都想着尽快离开飞机。他们迅速解开自己身上的安全带，从破裂的机身或者机翼往下跳。虽然外面凄风苦雨黑暗一片，但比起熊熊燃烧、酷热难当的机舱，外面不啻于幸福的天堂。

乘务长薇薇安相信飞机必定遭受重创，但幸好机身并没有严重倾斜或者倾覆。她看到机舱内满是浓烟，只浅浅地呼吸，尽量不吸进烟。这位勇敢的乘务员大声对乘客说："别

怕！我们能出去！"她就近拉起一位乘客，喊道："来试着帮我打开后面这扇安全门，我们要尽快离开飞机。"较多的出口意味着更多的逃生机会，乘客需要马上离开。

辛迪·古德抬起头，发觉火苗就在她的前方，女儿的脸上流着鲜血。

飞机降落时，辛迪·古德感觉整个机身跳了一下，然后又是第二次更剧烈的撞击。整个过程大概一分钟之久。惊恐的母亲听到乘务员在机舱里大叫"低下头，低下头"，她用臂膀紧紧搂住一双儿女，自己把头深埋到膝盖间，直到飞机完全停止下来。母亲大声招呼自己的孩子，让他们各自解开自己的安全带，尽快离开飞机。万幸的是，两个孩子都没有受重伤，母亲的臂膀很好地保护了他们。孩子们解开安全带，帮助母亲推开前排倾斜的座椅，三个人向舱门方向逃了出去。

◎侥幸逃生的旅客事后回忆：当时的现场悲惨无比，飞机燃起了大火，许多人都受了重伤

辛迪·古德拉着孩子的手，想马上离开机舱。就在这时，有呼救声传来，是前排的一位中年妇女。这位可怜的乘客在碰撞中膝盖骨粉碎性骨折，大腿上的伤口深至骨头，还有几处烧伤。她努力挣扎想爬起来，但腿上的伤势太重，无法独自逃生。辛迪·古德看看孩子，又看看身边这位妇女，毅然决定留下来帮助她。两个孩子看到妈妈的举动，也非常懂事，帮助母亲解开这位遇险者的安全带，并且紧抱住她，帮妈妈把她往飞机下扶。由于腿严重受伤，中年妇女不能站立，也无法撤离机舱。尽管三个人使出了全力，在走出几步后她还是大叫着跌倒在地。这时，有位男性乘客跑过来帮忙，他和母子三人连拉带拽，终于救出了这位女乘客。

坐在7E座的艾迪蒙思是一位退役空军飞行员。他和妻子旅游归来，没想到却遭遇如此的灾难。虽然退役已近30年，但大约3000小时的军用航空器飞行经验告诉他飞机出现了险情。飞机触地后几秒钟后，他马上对妻子说："把你的脚抬起，全身用力支撑住自己。我们遭遇了险情。"

艾迪蒙思感觉飞机从跑道的旁边出来，回到跑道上，然后又从右边出来。头上的天花板嵌板都在震动，好像冲击波从上边穿过。突然间，它们开始往下掉。灯灭了。这段时间里，飞机剧烈地震动。大概十几秒钟后，飞机完全停下来了。艾迪蒙思对妻子叫道："从这儿出去，快。"他推开头顶的行李架和行李，先把妻子推出去，然后抽出腿，从满地的碎片中钻出来，站在过道上，把一个男人从地板上拉起来，然后把他也推出去。夫妻俩从侧面的口子出去，坠落下去。他们落在小腿高的草地里，深一脚浅一脚向远处逃去。不知过了多久，两人来到一个非常崎岖的地方。这儿已经聚齐了一群惊恐的乘客，大家挤作一团，试图保持温暖，试图互相帮助。大雨还在下，艾迪蒙思冷极了，他从头到脚拼命地颤抖。一位乘客脱下毛衣，给这位老人披上。

许多人这时已经跑出了飞机，有人在雨夜里向着远处狂奔；有人则围着飞机观望，一副不知所措的惊慌样子；还有几个人尽管身上衣服都被烧掉了许多，仍然在机舱里穿梭，帮助那些行动不便的老人逃离。一位乘务员站在舷梯一侧，对每个逃出飞机的人喊道："一定要往远离飞机的地方跑！"陆陆续续，人们从各个出口疏散，有些人跑出来时，头顶和身上甚至还带着火焰和浓烟。

飞机坠毁25分钟后，机场消防队赶赴现场，他们是第一批抵达的救援人员。在

◎劫后余生的1420航班乘客与家人紧紧拥抱

DON EICK
NTSB Meteorologist

◎唐纳德得知飞机出现事故，马上展开了对这起空难的调查工作

灯光的照耀下，可以看见飞机最终坠毁在一大片草地之中，左翼和机头抵上了一条高大的堤坝，右翼已经开始燃烧，机舱的舷窗也有浓烟冒出。三辆消防车打开水枪齐射，封住火焰的蔓延之势；身着防护服的消防员手持电锯和液压剪，帮助拯救被飞机残骸卡住的乘客。没过多久，白色的救护车也陆续赶来，开始运送那些伤势最重的伤者。惊慌失措的人们看到援兵，开始自发地向消防车方向聚拢，有人甚至开始组织大家保持秩序。这时有人喊道："请帮帮我，请帮帮我，请帮我找找我的孩子。我找不到我的孩子，我找不到我的孩子了。"事故现场令人惨不忍睹，铁石心肠的人也会动容。

凌晨1点10分。美国交通安全委员会主管航空事故的主任唐纳德被一阵刺耳的铃声从睡梦中惊醒。电话是阿肯色州警察署打来的，通话的内容令他深感震惊。尽管多年工作就是与各式各样事故打交道，但听到此类消息，还是会令他感到压抑与难受。唐纳德一边在便笺上记下时间、地点等重要信息，一边开始盘算着接下来给谁打电话，尽快开始这次事故的善后与调查。他要与同事们尽快奔赴事故现场，掌握第一手的现场资料。这其中，黑匣子的寻找至关重要。事故发生时的飞机状况、驾驶舱的通讯信息以及当时的各种参数数据，可以为即将展开的事故调查提供有力支持。还有一个信息尤其令调查人员深受鼓舞，事故伤亡人数可能不像预计的那么多，众多幸存者可以帮助他们复原当时发生的一切。

唐纳德打完电话，简单收拾了一下，直奔车库而去。美国的东部地区这时天已经蒙蒙亮，忧心忡忡的唐纳德要乘坐最早的航班赶赴小石城。

当第一缕阳光穿透黑夜照亮大地时，肆虐了整晚的暴风雨已经停了，飞机坠毁现场的抢救工作也暂告一个段落。疲惫不堪的消防员靠着车休息，有的干脆就直接坐在泥地里。太阳慢慢升起来，眼前的场景令人毛骨悚然、惨不忍睹。燃烧后的麦道飞机就像一具巨大而又破烂的铁皮玩具，尾翼处还冒着白烟，飞机撞上一架通信铁塔后，头部深埋在一道堤坝之中，左侧的机翼也扎进了泥土里。在飞机周围，满是破烂的衣

◎飞机坠毁后，经过几次猛烈撞击，最终停在了一条河岸边

物和跑掉的鞋子，救护车消防车的车辙清晰可见。受伤的伤员都已转运至附近的医院，没有受伤与拒绝接受救护的乘客被转移到机场候机大楼，在那里，他们可以得到更好的照顾。

马克·施密特累坏了，一晚上地狱般的经历让他耗完了最后一点力气。他随着人群来到休息的地方，找了个椅子坐下。周围的每个人都狼狈不堪，脸上的表情或麻木或悲伤，没人愿意说话，只能听到有的乘客发出的抽泣声。老人闭上眼睛，不禁又想起昨晚的一切。虽然刚刚发生，但记忆却像一个个破碎的碎片，无法拼接，无法复原。劫后余生的感觉真是复杂：马克·施密特既庆幸自己幸运地活了下来，又对航空公司的事故感到气愤难平。自己花钱买票坐飞机，是为了安全快捷到达目的地，而不是要昨晚那地狱一般的恐怖经历。但眼下无法追究航空公司的责任，疲惫的老人此时只想回到自己家中。

血的教训

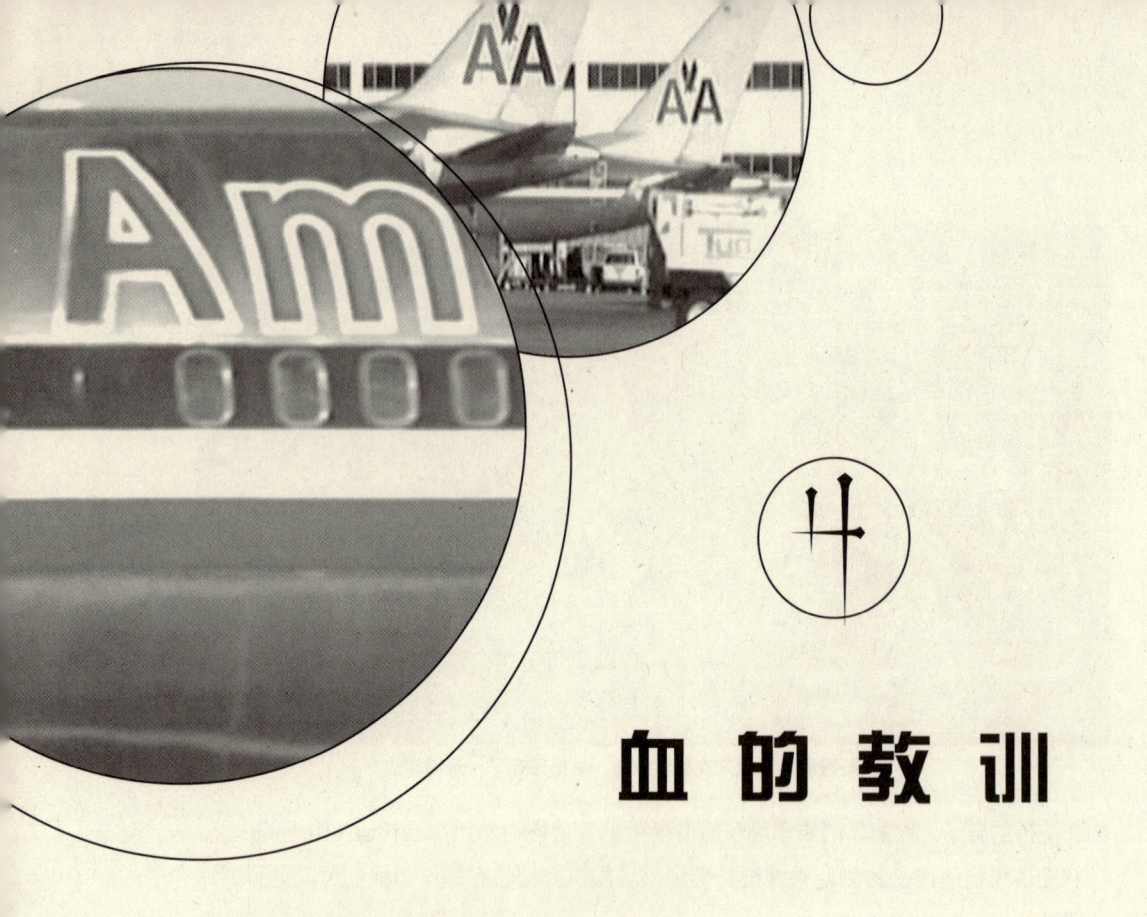

当调查员唐纳德和格雷戈里出现在现场后，事故的惨状令他们感到惊讶。1420航班飞机降落时以超过160千米的时速冲出了跑道，穿过7米多长的堤坝后一头撞上通信铁塔后毁坏。重创之后的飞机面目全非，而飞机残骸最终在阿肯色河的泥岸上停了下来。幸运的是，大多数乘客在火焰蔓延开来之前成功撤离了飞机，最后此次坠毁事故共造成10人死亡。机长布什曼在驾驶舱撞上通信铁塔后也遭遇了不幸，他是唯一遇难的机组人员。

◎重创之后的飞机面目全非，成为一堆破铜烂铁

◎调查人员开始工作，寻找这起空难的真正原因

黑匣子的寻找工作颇费了一番周折。由于飞机坠毁在阿肯色河河岸边，加之连夜大雨，搜查人员很难迅速找到装有黑匣子的机体。但最后调查人员还是成功找到，他们携带着这份证据，返回办公室开始调查事宜。此时调查人员掌握的信息不多，他们只知道降落时天气情况恶劣，而最知道事实的当事人机长布什曼在事故中不幸死亡。

一般来讲，飞行事故的调查总是耗时很长。这其中有很多原因，但最主要是因为飞机本身为高度复杂的交通工具，影响它的因素很多，人为因素、机械故障、天气因素以及不可预测事件都是造成飞机出现事故的原因。

每当遇到这样的坠机事故，美国交通安全委员会就会成立指挥中心。人们需要对坠机事故做出认真调查，然后记录备案，以防类似的事故再次发生。

调查人员首先需要解决的就是飞机为什么会失控。通过对飞机滑行时的痕迹分析来看，飞机在着陆之后已完全失去控制。从飞机着陆之后的滑痕来看，飞机并非是直线滑行的，而是偏向一侧倾斜滑行。这都是侧风的原因。想想看，一架重达7万公斤的飞机，加上搭乘的100多名乘客，如此滑行会造成什么样的后果。调查人员必须确定飞机在着陆时所出现的严重失误，他们不明白，为何飞机会滑行这么长的距离，制动措施看起来毫无用处。

◎调查人员怀疑机长在降落时没有按照规程打开飞机阻流片，这使得飞机不能减低速度，从而冲出跑道最终坠毁

通过对1420航班幸存者的询问，调查者开始掌握至关重要的线索。他们把注意力放在了机翼阻流片上。

　　阻流片是安装在机翼上的巨大金属板，其作用在于阻挡空气的流速，减慢飞机的飞行速度，以便于飞机安全着陆。1420航班降落时，是否如期打开了阻流片？这是一个亟待解决的疑问。调查人员找到那些距离机翼较近的乘客，希望从他们的回忆中提取出有力的证据。这些乘客所提供的信息最有价值。因为在他们的位置，正好可以看到地面阻流片的情况。

　　马克·施密特也在这些被询问的乘客之中。当调查员问起这个问题时，老人明确表示阻流片没有打开。机上其他乘客也无一例外的表示，在飞机着陆时，他们并没有看到阻流片打开。为确定证词的可信性，调查人员又

◎调查小组在现场搭建工作室，检查飞机残骸上遗留的数据和信息，从而找出事故原因

◎调查人员在现场紧张工作，他们要判断飞机究竟是因为什么原因不能及时停下

对黑匣子的信息进行了检测。飞行数据记录器显示，在飞机着陆时，阻流片的确没有打开。飞机以致命的速度降落，根本无法及时停下来。

问题紧接而来。降落打开阻流片，这是每个飞机驾驶员的常识。没有打开，到底是因为机械故障，还是飞行员的疏忽呢？为此，美国交通安全委员会的调查人员对座舱语音记录进行了调查。从飞行数据记录器来看，阻流片在降落时并没有打开。飞行员操作阻流片时会发出响声。但在座舱语音记录中并没有这种声音。也就是说，在飞机着陆时，飞行员并没有操作阻流片。没有打开阻流片造成了飞机速度太快。如果阻流片及时打开的话，飞机可能不会撞上前方的通信铁塔。坠机原因已经浮出了水面。但飞行员为什么会犯如此低级而又致命的错误呢？调查人员怀疑这是飞行员的压力过大造成的。他们将调查重点转向了当时的天气。

由雷暴造成的飞机坠毁事故并不少见。难道1420航班的机组人员没有意识到恶劣天气带来的危险吗？1994年，美国航空公司的一架DC-9飞机在北卡罗来纳州遭遇风切变，飞机从80米的空中直接坠落；三角洲航空公司的一架三星客机由于遭遇风切变产生的下沉气流而坠毁。1420航班的机组人员为什么不选择中止着陆呢？

调查员格雷戈里认为飞机本身的机载雷达可能让驾驶员判断失误了。出事的1420航班是一架麦道82型飞机，这种飞机在当时属于科技装备比较高级的机型。飞机上的机载气象雷达甚至比小石城机场的都要先进。从地面气象雷达提供的信息来看，航班的机组人员应

◎为最终确定失控原因，调查人员对幸存者进行了采访，以便找出最终失事原因

该意识到了风暴的猛烈。他们注意到机翼前缘的警报已转为绿色，并迅速转为黄色，进而转为鲜红色。但频频作响的警报麻痹了机长的神经，虽然警报发出，但程度如何却不能及时反映给驾驶员，最终酿成大祸。事后，调查报告以令人震惊的语言描述，大约有三分之二的飞行员在着陆时完全不管恶劣天气带来的严重后果，他们根本不管是黄色警报还是橙色警报，警报响后继续按计划飞行。这真是一个令人不安的事实。

为最终确定失控原因，调查人员对幸存者进行了采访。他们还搜集了许多与飞机

相关的信息，包括小石城塔台与飞机的通讯录音、达沃斯机场签派员的指令等。这些资料，加上解读完1420航班黑匣子的信息之后，调查人员历时18个月，终于查清了事故的真相。这次事故既有天气原因，也有驾驶员的人为因素。恶劣的天气让飞行员判断失误，强行降落时又视线受阻，惊慌的机长在着陆时忘记开启机翼阻流片。正是这个愚蠢的常识性的错误，让飞机没有停留在跑道上，而是冲出跑道，撞上通信铁塔。

整个过程一环扣一环，最初的失误导致了被动，错误的决定一旦作出，后果就变得越来越糟糕，直至不可收拾。晚点加上暴风雨，让飞行员决定与风暴竞速；没赶上风暴后，机长决定在恶劣天气下降落；看不到跑道，仍然坚持目视进场；惊惶失措，注意力全部放在寻找跑道的驾驶员忘记打开阻流片。一切都是随着事情的发生而变化，而机长并没有作出最合适、最恰当的决策。如果当时他不选择降落小石城而是别的机场，也许就不会在看不见跑道的

◎航空公司的飞行政策是这次事故的直接促成者，正是商业竞争的压力使得飞行员出现了错误

情况下降落，从而也许就避免了慌张，那么常识性的阻流片打开动作就不会遗忘，乘客也就不必遭受身心的伤痛与生命财产的损失。这就是这次悲剧的原因。

但被谴责的不仅仅是布什曼机长。个人的失误不能全部遮掩事实真相。随着调查工作的深入，美利坚航空公司的飞行政策也遭到了激烈抨击，航空业的商业丑闻逐渐浮出水面。作为飞行员供职的航空公司，在很大程度上决定了机组人员究竟以何种方式执行飞行任务。激烈的商业竞争让航空公司不得不考虑加大飞行员的工作

◎1420航班副驾驶在听证会上作证的镜头，他强调自己当时给了机长复飞的建议

强度，高强度的工作安排常常使得飞行员超负荷工作。在这个过程中，疲劳和压力引起的错误比比皆是。

1420 航班坠毁后，美利坚航空公司把主要原因归咎于小石城机场没有及时提供天气情况，1420 航班的机组人员并未获得当时的全部气象信息，最终造成飞行员出现事故。但美国交通安全委员会调查人员对塔台管制员进行调查后，对此提出质疑。黑匣子的记录也表明，当时机长与副驾驶都曾经从机场塔台得到了清晰确定的天气警报。这个借口不能成立，美利坚航空公司是在推托责任。

由于驾驶飞机的机长布什曼已经在事故中丧生，副驾驶迈克尔·奥里格尔成为唯一一位知晓当时情景的飞行员。在事故发生 8 个月后，此次事故调查的听证会首次举行。迈克尔·奥里格尔在听证会上做了解释，尽管最后他的解释和证言没有得到幸存乘客的理解与原谅。

作为副驾驶，虽然首次执行飞行任务，但迈克尔·奥里格尔也经受了足够的理

◎小石城坠机事故发生后，美利坚航空公司的高层有多人因此去职，公司遭受极大打击，教训深刻

论学习与操作训练。当机长在那种天气状况下仍然作出着陆决定时，副驾驶有责任提醒机长注意潜在的危险，改变操作策略。一般来说，在危机情况下，驾驶舱内的任何一名飞行员都有权力中止飞机的着陆。

迈克尔·奥里格尔向众人表述，说他曾经提醒过机长中止着陆，重新拉起飞机。但黑匣子里的证据不能支持他的说法，找不到他曾经提醒机长"复飞"的语音记录。

◎死里逃生的马克·施密特不愿再回忆那晚的遭遇，他的心里蒙上了一层难以抹去的阴霾

由于另一名当事人已经死亡，副驾驶的证言无从验证，事情最后也就不了了之。

历时几年之后，这次飞机坠毁事件才得以最终解决。乘客要求航空公司赔偿损失，而航空公司则用各种方法推托与拖延。这次事件对美利坚航空公司打击甚大，公司高层有人因此丢了职务。小石城坠机事故发生后，美利坚航空公司重新修订了检查清单。在执行飞行任务时，飞行员必须确保阻流片及时打开。这个规定亡羊补牢，算是这场悲剧中唯一给人们带来好处的东西。

如今，马克·施密特仍然继续着他的退休生活。他还是喜欢研究生物学，一如既往每周一次去博物馆担任义务解说员。生活看上去没有什么变化，但在老人的心中，事故留下的阴影很难散去。从那以后，马克·施密特再也不愿乘坐飞机出行。也许，心灵的伤害，远比身体的伤痛更加难以复原。

辛迪·古德和孩子们也都平安无事。由于救助别人耽误了一些时间，当晚的飞机大火造成了辛迪·古德背部与肩膀的烧伤。伤势很严重，幸运的是她最终康复了。两个孩子经历了这一切，感觉一下长大了许多。在母亲出院回家的那一天，两个孩子都来迎接妈妈。在他们的心中，妈妈是世界上最勇敢、最棒的妈妈。

飞机一会儿工夫就升到了10000多米，而且还在继续升高，很快就已经超出了它的限定高度12000多米。一眼看去，机舱里什么也看不见，窗户上全是厚厚的冰层。汉密尔顿少校心情非常复杂，眼睁睁地看着这架载着死人的飞机继续飞行……

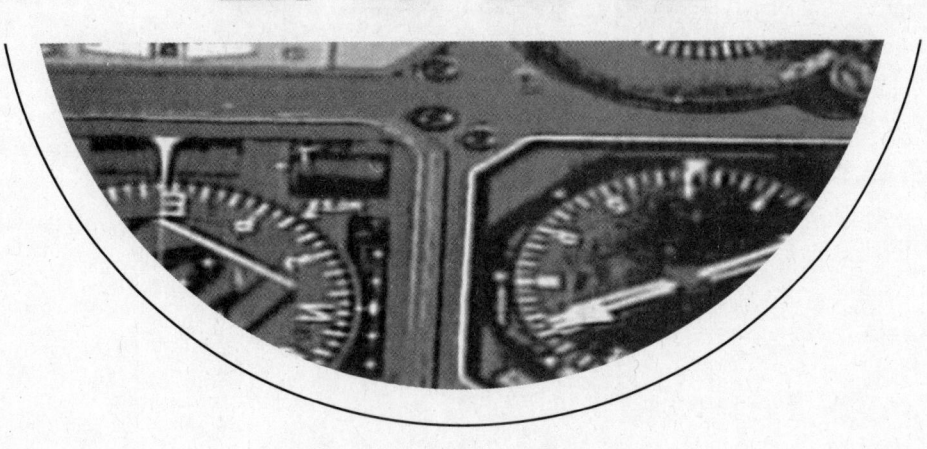

第四章
致命失控

引 子

  豪华的私人包机、专属的机舱服务、传奇球星佩恩·斯图尔特、神秘的致命失控,当这一切都在飞机坠地灰飞烟灭后,人们的疑惑只会变得越来越大。航空史上一件离奇的致命失控事故,引发出许多不被人所知的幕后真相。

  1999年10月25日,一架里尔35飞机在两架战斗机护航下,最终因为燃油耗尽而坠毁。飞机上的乘客加上机组人员一共6人全部遇难,著名的高尔夫球星佩恩·斯图尔特也在其中。事故发生后,由于佩恩·斯图尔特的巨大影响力,整个美国都被震惊。当时的总统克林顿也站出来发表声明,表示了自己的哀悼与遗憾。

  美国全国运输安全委员会受命调查这起神秘事件,随着调查的深入,真相却似乎离人们越来越远。是因为嫉妒引发的谋杀?是飞机故障引起的失控?是飞行员麻痹大意导致的错误操作?人们在悼念体坛巨星的同时,种种流言和猜测也变得满天飞。整起事件一直受到媒体的极大关注,许多电视台连日直播。在这起不同寻常的空难事故背后,到底隐藏了什么不被人所知的秘密?请关注下面的"致命失控"。

1 球星的旅行

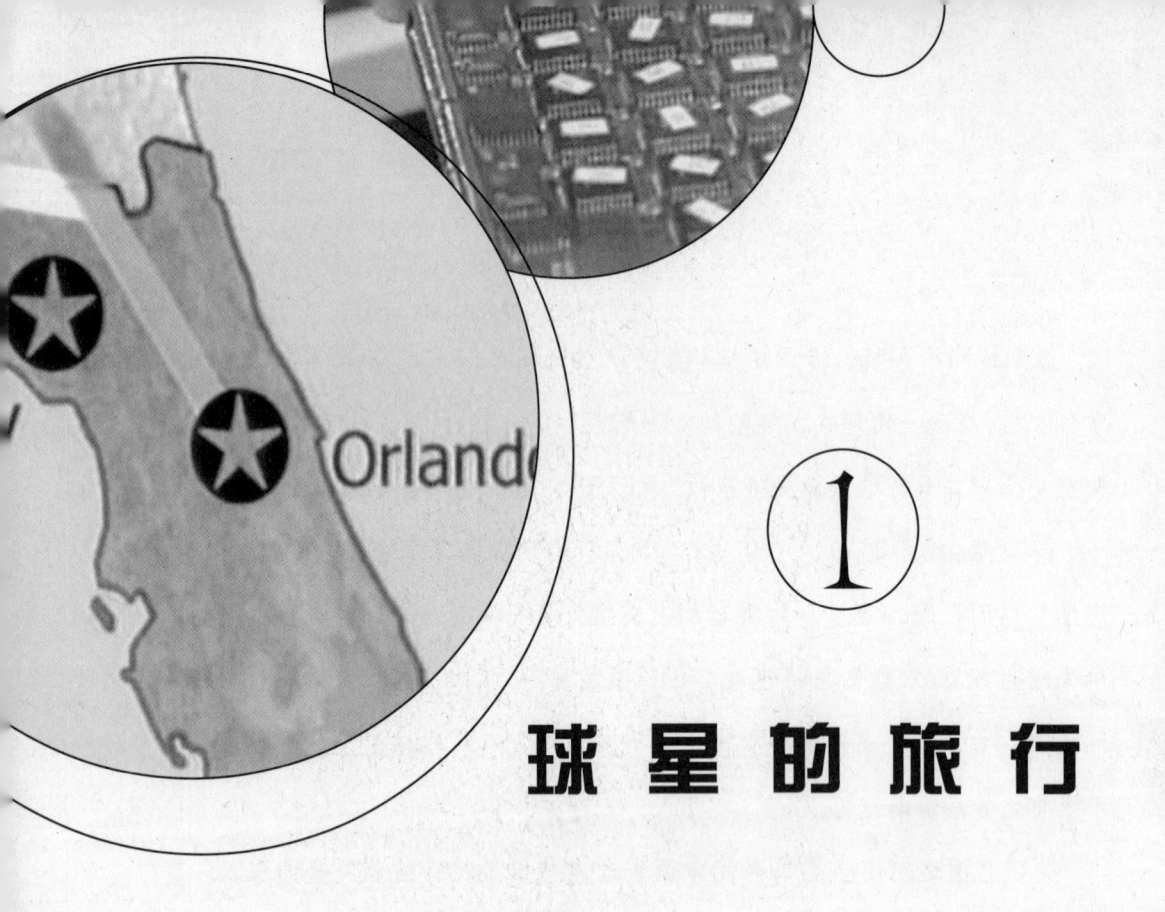

1999年10月25日清晨8点，佛罗里达州杰克逊维尔空中交通控制中心一片忙碌景象。作为美国联邦航天局最重要的空中交通管制单位之一，杰克逊维尔控制中心管理着美国南部每天的飞行情况。管制员要根据全国气象情况、全国飞行流量、机场状况等条件紧张进行调度，使每一架飞机都有序运行。每天有几百架飞机需要控制中心的支持和管理，可以说，这里的工作既繁忙又重要。

控制室的大厅内，交通管制员们已经就位，分头处理自己的事宜。控制中心的每个雷达屏幕上，天空被均匀分为十几个区域，管制员分为几个小组，每个小组都负责各自划分的区域。十六区的管制员路易斯·斯塔德麦尔脱掉自己的外套，只穿着一件衬衣在工作。美国南部诸州在10月份还是很热，控制中心的空调也时冷时热。

早上的工作稍显轻松，过了10点才是飞机管制的高峰。交通管制员路易斯·斯塔德麦尔双眼盯着雷达显示屏，关注着一架小型里尔35飞机的行踪。这架隶属于桑杰航空公司的轻型公务飞机一次只能搭乘8名乘客，所以它往往只替那些有钱的巨商或者明星服务，一般乘客很难享受这种小型豪华飞机的快捷。斯塔德麦尔刚刚收到一

◎里尔35飞机是加拿大生产的一种小型公务飞机，一次只能搭乘8名乘客

条信息，是里尔飞机上的副驾驶发来的。

"你好，杰克斯控制中心，47BA里尔飞机请求上升。"声音是一个动听悦耳的女声。

"你好，这里是杰克斯中心，请求已经收到，上升并保持390。"路易斯·斯塔德麦尔指示飞机可以上升并需要保持在12000米的高度。

"好的。明白。"副驾驶的回答清晰简短。

路易斯·斯塔德麦尔随手在备忘录上写下通话大意，他扫了一眼电子钟表，最后写下："上午9点27分。"

桑杰航空公司副驾驶史黛芬尼·贝莱加利格是一位27岁的年轻姑娘。8个月前她才进入桑杰航空公司工作。作为飞行员，年轻女性并不多见。受父亲的影响，史黛芬尼·贝莱加利格从小就勇于尝试各种冒险活动。在航校学习2年后，她如愿拿到飞行员资格证书，成为一名令人羡慕的准飞行员。进入大型的航空公司并不简单，那里一般是男性当道的世界。但桑杰航空公司是个小型公司，运营的飞机大多为商务包机，以小型客机为主。年轻漂亮的她抓住了一个机会，成为桑杰公司的副驾驶。在飞机上，她不但要协助驾驶员完成飞行任务，还要

◎美国著名高尔夫球明星佩恩·斯图尔特乘坐这班飞机飞往达拉斯

负责为客户做一些舱内服务工作,毕竟人人都喜欢聪明漂亮的女孩子。

史黛芬尼·贝莱加利格起了个大早,今天有重要任务。说是重要任务,是因为乘客中有重要人物——高球明星佩恩·斯图尔特。作为球场上的谦谦君子及更衣室的幽默大师,特立独行的佩恩·斯图尔特是美国最受欢迎的高尔夫球员。他是美国高球界真正的明星,是高尔夫运动的最佳代言人和推广者,有他参加的比赛是收视率最高的赛事。史黛芬尼·贝莱加利格对高尔夫球并不熟悉,但对佩恩·斯图尔特却不陌生。客户服务部昨天就打来电话,派遣她担任驾驶员麦克尔·科林的副驾驶,执行这次飞行任务。清晨6点多,史黛芬尼·贝莱加利格赶到奥兰多桑福德机场桑杰公司的飞机库里,与驾驶员麦克尔·科林一起做起飞前的准备工作。这是她第一次与这位驾驶员合作,但她以前就听说过这位军事飞行员出身的机长。

机库里的这架里尔35型喷气式飞机产于1976年。飞机由双涡轮风扇发动机驱动,

◎N47BA里尔飞机产于1976年,飞机由双涡轮风扇发动机驱动,机上配备两名飞行员

机上配备两名飞行员。一个豪华舱可以容纳8名乘客,飞行距离达3200千米。这种小型飞机大多为包机服务执行任务。两位驾驶员填完单子,往机翼油箱加了2500千克燃料,足够飞行5小时。注满燃料后,驾驶员麦克尔·科林开始做起飞前的例行检查,史黛芬尼·贝莱加利格则准备相关文件和报表。飞机起飞前总是很忙碌,驾驶员要妥善处理每一个步骤。

上午7点25分,飞行员麦克尔·科林提交了前往达拉斯的飞行计划。7点55分,

准备就绪的飞机顺利起飞,前往奥兰多国际机场接乘客登机。15分钟后,飞机降落在奥兰多国际机场专用停机坪。飞机降落停稳后,史黛芬尼·贝莱加利格看见三位男士提着皮箱走了过来。

几乎第一眼,史黛芬尼·贝莱加利格就认出了走在中间的佩恩·斯图尔特。他看上去比电视上还要高大英俊,

◎罗伯特·弗雷利和范·阿丹是佩恩·斯图尔特的体育经纪人,也是这次航班的两位乘客

充满笑意的眼睛、坚毅有力的下巴,给人一种亲切又高贵的感觉。打过招呼后,佩恩·斯图尔特和另外两位乘客登上了飞机。副驾驶从旅客名单上查知,这是佩恩·斯图尔特的体育经纪人罗伯特·弗雷利和范·阿丹。他们三人一起出行,必定是去商谈大的比赛,往往涉及金额都会超过几百万美金。在世界级的职业高球选手身上,比赛就是金钱。

登机不久,佩恩·斯图尔特提出让飞机等待一会,还有一位乘客正在路上。大约9点,急匆匆赶来的高尔夫球场设计师布鲁斯·伯纳德也登上了飞机。他是一位身材不高,笑容和蔼的中年人,来了后就和所有人打起了招呼,显得非常可亲。人都到齐了,

◎高尔夫球场设计师布鲁斯·伯纳德在最后一刻急匆匆赶来,与佩恩·斯图尔特一起前往达拉斯

9点15分,一切就绪,里尔35飞机轻快地滑行、起飞、升高,向着目的地达拉斯飞去。如果不出意外,两个小时后这次飞行任务就可以结束。天气状况良好,飞机状态正常,为自己喜欢的大牌明星服务,在史黛芬尼·贝莱加利格眼里,一切都再好不过了。

9点26分,副驾驶接通了杰克逊维尔空中交通控制中心管制员的无线电,发出了

请求升高的信息:"你好,杰克斯控制中心,47BA里尔飞机请求上升。"

对方很快回应:"你好,这里是杰克斯中心,请求已经收到,上升并保持390。"

"好的。明白。"史黛芬尼·贝莱加利格回答道。

交通管制员给出了允许升高的指令,史黛芬尼·贝莱加利格把这个信息转达给驾驶员麦克尔·科林。

"机长先生,现在高度260,可以爬升高度至390。"小姑娘第一次与驾驶员合作,彼此之间说话还很客气。

"谢谢你,史黛芬尼。飞机现在爬升。"麦克尔·科林左手握着驾驶舵,右手推下了飞机操纵杆。很快,飞机开始升高。此时,客舱里的四位客人正有说有笑的交谈。他们两两相对而坐,面前放着一些文件,似乎在商谈比赛赞助商的一些事情。佩恩·斯图尔特说话幽默,几个人不时爆发出阵阵笑声。

作为控制中心的管制员,工作中要同时联系和管理许多架飞机。在获悉里尔飞机

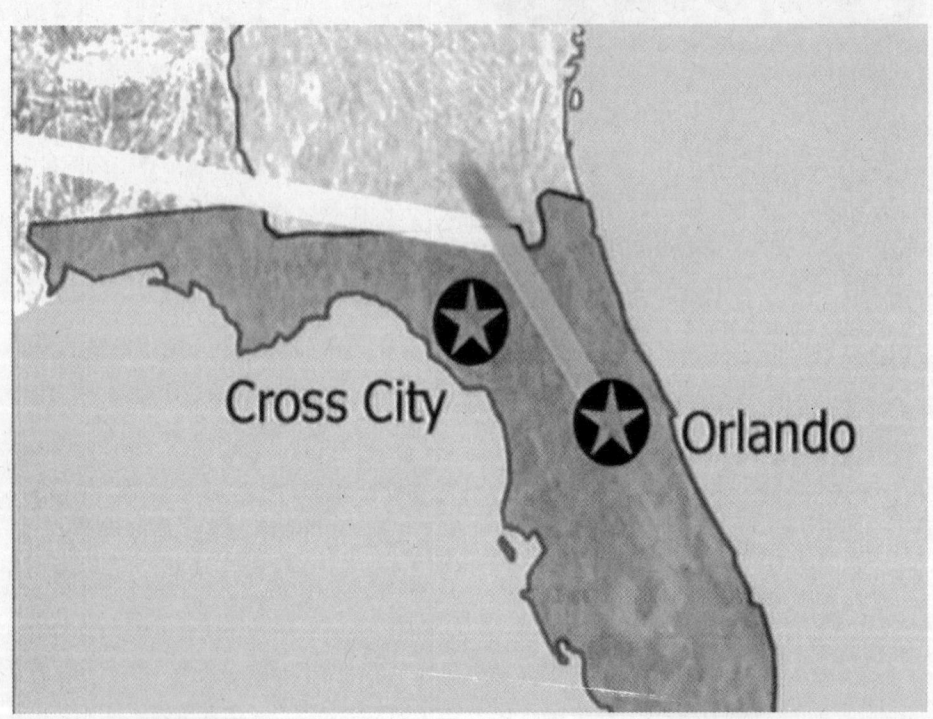

◎空中管制员发现,N47BA没有按照既定高度和线路飞行,而是直接向北飞去

收到指令后，斯塔德麦尔又向其他飞机发去指令。管制员的工作就是如此，需要反应敏捷、细致耐心，还需要同时处理多项业务的能力。

雷达显示屏上，每架飞翔在空中的飞机都化身为一个个绿色的小点。在管制员的指挥下，飞机各行其道，在不同的高度上按照既定的航线自由穿梭，构建起一张巨大的空中之网。如果有飞机因为某种原因不能执行管制员的指挥，它很有可能引起整个空中网络的混乱，严重的还会引发交通事故，造成机毁人亡的悲剧。管制员最重要的工作就在这里，他们要密切关注那些有可能出乱子的飞机，及时指引它们回到正常的轨道上来。

很快，路易斯·斯塔德麦尔在雷达上发现了一个问题，6分钟之前刚刚与他联络

◎尽管空中管制员反复呼叫，但N47BA里尔飞机一直没有应答，这让管制员感到事情不妙

过的里尔飞机已经上升到了12000多米，而且还在继续升高。不一会儿，飞机已经超出了它的限定高度12000多米。这明显是飞机超出了最高限制，如果不马上降到正常高度，这架飞机有可能会影响更高高度飞机的安全。看到这种情况，管制员必须马上提醒飞机，及时改变高度。

路易斯·斯塔德麦尔操纵无线电，调整到里尔飞机通信波段，开始呼叫驾驶员："N47BA，请在一三五点六五联系杰克斯中心。"

"N47BA，请在一三五点六五联系杰克斯中心。"管制员又重复了一遍。

"N47BA，你们已经超出了正常高度，听到请回答。"管制员有些急了。

"N47BA，你们已经到达12000多米高度，请联络控制中心。"

……

焦急又疑惑的管制员用不同的频段联系了几次，还是没有人回答。

路易斯·斯塔德麦尔没有办法，只好联系在他管辖区内飞行的其他飞机，希望它们能用本地波段联络一下这架里尔飞机。有时事情就是这样，由于频率和无线电信号的问题，管制员常常与飞机失去联系。这种联络中断的情形虽不是家常便饭，但工作中确实经常发生。管制员联系上了一架波音747客机，告诉对方尝试用本地频率联系里尔飞机。对方表示可以帮忙。很快，受命联系里尔飞机的波音747返回信息：尽管努力反复呼叫，但里尔飞机驾驶员没有回应。

此时的路易斯·斯塔德麦尔感觉到了不妙，不好的感觉涌上心头。他迅速调出该机的飞行计划表。表中显示，该机30分钟前从奥兰多起飞，前往德克萨斯州的达拉斯市，中途在佛罗里达州克罗斯市向西转头。管制员看了看雷达，发现这架飞机在克罗斯市没有掉头，而是径直向北飞去。此时，在管制员斯塔德麦尔的眼中，雷达上的这个绿点，就像一个不祥的信号一样不停闪动。他思考了一下，拿起了手边的电话。按照规则，此刻他必须要向上级报告此事。

电话打给了控制中心主管安全的詹姆斯。

接到管制员的电话，詹姆斯也十分不安。由于情况不明，他马上在电话里下令，让管制员路易斯·斯塔德麦尔继续联系和密切观察这架奇怪的飞机。然后，感到事态可能严重的詹姆斯又给另外的管制员打去电话，让他们在各自负责的区域接管对这架飞机的监视任务。又过了十分钟，里尔飞机仍旧没有回音。忧心忡忡的主任拨通了军方负责人的电话。他把电话打给了东北防空部队，这是美国空军主管领空防御的一个部门。对詹姆斯来说，联系军方绝不是多此一举，失去控制的飞行器不仅可能危急其他飞机的安全，也会造成地面人员及物质的损失。情形危急，控制中

◎空军飞行员克里斯·汉密尔顿少校接到了监控失去联系的里尔飞机的任务

心需要军方介入。

在达拉斯西南的空域内，空军飞行员克里斯·汉密尔顿少校驾驶着F16战斗机正在执行训练任务。今天的训练科目比较紧张，他要带领着6名新手完成空中编队及作战掩护的一些训练动作。任务才进行到一半，汉密尔顿的耳机中传来指挥中心的呼叫。

"你好，少校。这里是杰克逊维尔空中交通控制中心。"

"你好，这里是东北防空部队第五飞行大队NO.5。"

"请执行以下任务：拦截一架里尔35飞机。在执行任务之前，请先保障飞机有足够汽油。"控制中心的指令听起来事态严重。

"收到，明白。"

克里斯·汉密尔顿接到任务，马上中止了训练计划。他向战友简短说明了情况，带着另一架F-16战斗机脱离了编队，向空中加油机KC135全速飞去。他们要首先完成空中加油任务，然后才能有足够燃油和时间来检测里尔飞机的飞行。庞大的KC135加油机已经收到指令，正在既定空域等待他们。当战斗机看见KC135时，它的加油管已经伸出，犹如一条长长的尾巴在空中徐徐飘扬。有了空中加油机，战斗机就可以不用降落增加续航能力，可以节省时间。

很快，克里斯·汉密尔顿少校和另一架战斗机迅速加满了汽油，开始追赶这架神秘飞行的里尔飞机。民用飞机的速度不可与美国空军的王牌F-16战斗机相提并论。没过多久，10点46分，战斗机在雷达上发现了这架里尔飞机。

"控制中心，我们已经发现它了，距离11千米。目标还在飞。" 汉密尔顿少校向控制中心通报情况。

"很好，请继续接近它。"控制中心让战斗机继续靠近。

"然后呢？"汉密尔顿少校询问接下来的任务。

"跟着他。看看是否有人在驾驶舱走动。"管制员想知道机舱内的具体情况。

克里斯·汉密尔顿少校这时明白了事情的大概。这架被追踪的飞机有两种可能：要么是飞机被劫持了，要么是飞行员丧失了行为能力。最终的结果只有在近距离观测后才能揭晓。

驾驶飞机在空中靠近另一架飞机是一件极其危险和困难的事情。少校小心翼翼操控飞机，实施近距离观测。他把正驾驶仪，推下操纵杆，F-16战斗机的机尾冒出火光，

◎在执行拦截里尔飞机的任务之前，F-16战斗机必须完成空中加油，以便有足够燃料为里尔飞机护航

飞机来了个漂亮的半转身动作，迅速向前方的里尔35飞机靠拢。从远处看，比战斗机大不了多少的里尔飞机此时正在平稳飞行，看上去没什么异常。克里斯·汉密尔顿操纵战斗机，以与里尔飞机一样的速度小心靠近对方的侧翼。在两机平行并飞的时候，少校扭过头仔细观察。他看到的结果令他大吃一惊：里尔飞机驾驶舱的挡风板里面完全被冰覆盖了，什么也看不清。这只有一种可能，飞机驾驶舱的温度降到了零下，机舱压力与机外一样，机上人员应该全部死亡。又观察了几分钟，少校驾驶战斗机离开了里尔35一些距离，把看到的情况向控制中心汇报。

"控制中心，近距离观测结果向你汇报。"少校呼叫控制中心。

"请讲。"对方发出了回应。

"飞机驾驶舱挡风板已经结冰，很可能机上所有的人都已经死亡，飞机处在无人

◎两架F-16战斗机很快追上了里尔飞机,他们发现失去联系的飞机失去了机舱压力

驾驶状态下由自动驾驶仪控制飞行。"汉密尔顿少校报告。

"好的,与里尔飞机保持一定距离,继续追踪监视其飞行状态。"控制中心回复。

看着这架载着死人的飞机继续飞行,汉密尔顿少校心中情绪复杂。作为飞机驾驶员,他对同行的遭遇深感悲痛。

失控的飞机

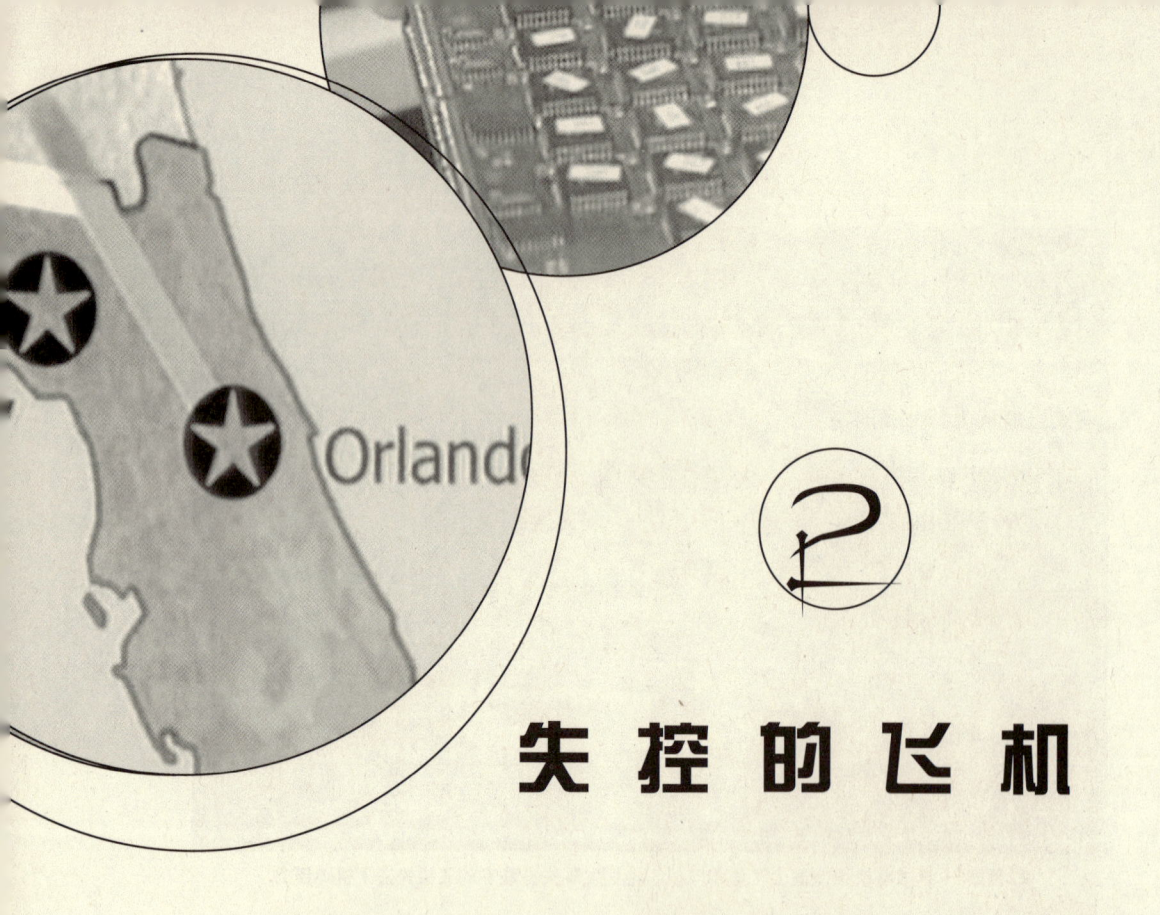

里尔飞机可能遭遇不测！媒体很快知晓了这则空难事故，各家媒体记者开始行动起来追踪报道，还有几家电视台开通了现场直播。外界反映如此迅速和激烈，是因为机上的乘客非同小可。根据联邦航空局官员联系到的信息，飞机经销商桑福德市的桑杰航空公司提供了旅客名单。这架里尔35飞机上共有4名乘客。高尔夫选手佩恩·斯图尔特就在其中。

◎获悉佩恩·斯图尔特也在失控飞机上，媒体迅速展开大规模报道

引人关注的当事人佩恩·斯图尔特是高尔夫球运动的顶尖高手，就在他出事之前，他刚刚在最后一洞击败米克尔森，摘得他的第二顶美国职业高尔夫球公开赛的桂冠。这名喜欢在比赛中穿灯笼长裤、戴无沿帽的传奇选手，如今可能随着失事飞机人

间蒸发。这绝对是一个坏消息，但对媒体来讲，这同时也是一个大消息。上午 11 点钟左右，几乎全国的媒体都开始了各自的行动。明星永远是大众追逐的目标，更何况这次事件如此令人不可思议。媒体自然不会错过，在他们的眼中，世上的事情只有两种：一种是不具报道价值的，另一种就是绝对不可错过的。记者们分头行动，纷纷报道最新的进展情况和社会的反应。许多电视台放弃了既定的播出节目，对此事进行追踪报道。

交通调查专家鲍勃·本泽知道这件事比媒体更早一些。早上 10 点 45 分，位于华盛顿特区的全国运输安全委员会总部一切如常，各部门都在有条不紊地工作。鲍勃·本泽在办公室接到了委员会通信中心的电话，上司在电话另一端说明了这件事情，并且任命他负责本次事故的调查。来电话的人让他放下手头所有工作，马上召集一支能够应付本次事故调查的小组，尽早展开工作。

放下电话后，鲍勃·本泽感到自己遇到了不小的难题，但也为如此的挑战感到兴奋。本泽在安全委员会供职已经超过 15 年，是交通安全调查方面的专家。

◎全国运输安全委员会交通调查专家鲍勃·本泽受命在第一时间展开对此次飞机失控事故的调查

他毕业于物理专业，却素来对侦探这份职业感兴趣，从年轻的时候起，他就喜欢看侦破探案的小说。事故调查正对他的胃口，这份职业对他来说简直就是天赐一般。本泽做事认真，极富耐心，也常常有出人意料的思路或者灵感。安全委员会的同事们都喜欢与他共事，并且非常尊重他的工作。

电话中的信息很少，但清楚无误地说明了这样一个事实：飞机由于未知原因失控，虽然目前还在天上飞翔，但很快会因燃油耗尽而坠落。按照以往经验，调查这样一起空难事故至少需要 5 个人，还要各个方面的专家担任顾问和技术支持。对鲍勃·本泽来讲，眼下最要紧的是立即召集人员，组成调查小组。本泽简单思考了一下，很快确定了小组成员的名单。这其中有飞机机械技术的专家，也有善于谈判和沟通的专业人士。

◎美国全国运输安全委员会专门负责重大的航空交通事故调查工作

  本泽和助手分头行动,给所有成员发出立即集合的信息。小组成员在本泽的办公室集合,然后听取本泽通报的信息,并且很快每个人都做了分工。作为每年要调查成百上千交通事故的专业机构,联邦安全委员会调查小组的效率很高。他们配合默契,分工明确,目的性极强。就在里尔飞机还在天上漫无目的横冲直撞的时候,地面的调查小组已经在鲍勃·本泽的领导下开始了工作。

  佛罗里达州的联邦航空局内一片忙乱。在媒体的添油加醋下,佩恩·斯图尔特乘坐的里尔飞机失去控制一事已经引起美国的举国关注。联邦航空局更感到头疼的是如何处置这架失控的飞机。由于驾驶员可能已经死亡,无人控制的里尔35飞机变成了一颗不能操控的导弹,随时可能引发巨大的灾难。从飞行路线来看,这架捉摸不定的飞机正在接近人口稠密的纳什维尔和圣路易斯地区。如果它在其中一个地区的上空开始下降,那么在它坠地之前,F-16战斗机就会奉美国总统的命令将其摧毁。这也就是为什么战斗机要跟在它的周围,一刻也不能离开的原因。

◎经过科学的推算，人们推测失控的里尔飞机最有可能坠毁在南达科他州米那市附近

为了确保万无一失，指挥官需要知道飞机将在哪里坠毁。技术人员首先联系了为里尔飞机加油的圣彼得斯堡飞行服务站，查出了当天飞机起飞时携带燃料的数据。他们将这项数据与飞机高度、飞行速度和气候条件等进行汇总，用一个公式经过计算后，得出了飞机最终坠毁的地点。假定自动驾驶保持飞行路线不变，坠机地点会在南达科他州米那市

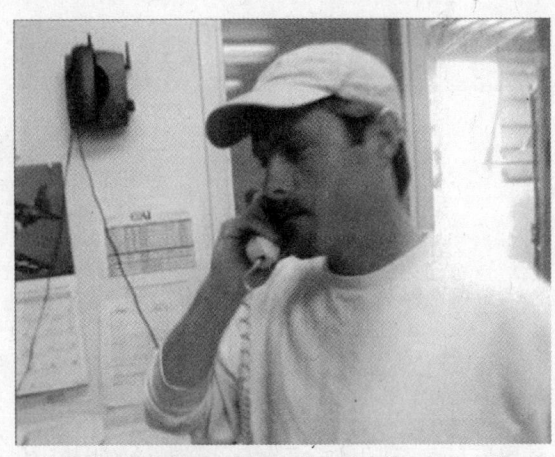

◎自从外界得知佩恩·斯图尔特身处失控飞机上之后，各种电话纷纷打往联邦航空局询问事件的进展

附近一个人口稀少的地区。估计坠地时间在正午之后。假如飞机自动驾驶出现偏差，开始朝人口密集的地方飞去，护航的战斗机将择机将其击落，以避免更大悲剧发生。

控制中心的副主任马丁接通了阿伯丁市负责紧急事务官员的电话。这个大约有10万人口的城市正处在飞机坠毁范围之内，一旦飞机不能在预计范围坠落，地面的安全就会受到极大威胁。颇费了一番口舌，阿伯丁方面才明白事情的来龙去脉。官员启动了紧急处理机制，开始为即将到来的危险做好准备。

由于当事人佩恩·斯图尔特身份特殊，从上午开始，负责协调此事的联邦航空局不断接到一些重量人物打来的电话，但大家都无计可施，没有人能挽救一架飞行在12192米高空的失控飞机。他们只有先发出警告，提示该空域所有飞机不得在里尔飞机的下方飞行。然后就是等待，等着这架无人驾驶的飞机最终因油量耗尽而坠毁。

这真是无可奈何度日如年的时刻。

◎护航的F-16战斗机一直跟随在里尔飞机左右，一旦出现危急情况，战斗机将择机将其击落

克里斯·汉密尔顿也是这样想的。他驾驶着自己的F-16战斗机跟着里尔35飞机飞行。看着身边的飞机正在飞向死亡，作为一个战士却不能施以援手，这种感受真是令人沮丧和悲伤。里尔飞机驾驶舱的舷窗上仍然是冰花一片，客舱的4个窗户也是黑洞洞什么也看不清。上午11点钟，里尔飞机和护航的两架战斗机经过爱荷华州，

继续向北方飞去。

在地面上，得知消息的大众越来越关注这个事件。尤其是高尔夫球行业和球迷，更是停下一切工作，全力关注事件的进展。从 1987 年开始，佩恩·斯图尔特就是美国参加莱德杯的主要干将。一夜之间，这名如此辉煌的体育明星就要因飞机失事离开人间，人们无法接受。有人寄希望这只是一次误会，还有人盼望飞机能顺利降落。一时间，各种谣言和不切实际的消息满天飞。

杰克逊维尔空中交通控制中心仍然在监控里尔飞机的飞行。雷达显示，飞机升到了 13350 米，在超出设计极限的情况下飞行了 13 千米多。然后又降到约 12497 米，保持这个高度一直向北飞行，两架战斗机一左一右伴随着它。

10 月 25 日中午 12 点左右，护航的 F-16 战斗机首先注意到里尔飞机开始下降，控制中心的雷达也显示里尔飞机降到了 12000 米。里尔飞机的油量已经耗尽，接下来飞行线路的变化可能会引起自动驾驶系统关闭。战斗机上的飞行员此刻变得异常紧张，如果飞机改变航线飞向城市，战斗机要随时准备将其击落。

12 点 10 分左右，在接近了预计的坠落点后，里尔飞机突然失速，以螺旋状运动

◎飞机开始下降

◎事故发生后,当时的美国总统发表讲话,对佩恩·斯图尔特不幸遇难表示哀悼

◎得到消息的球迷开始悼念这位高尔夫球的明星,人们不愿相信这个悲惨的事实

路线飞速撞向地面。两架战斗机眼睁睁看着里尔35迅速失去高度,克里斯·汉密尔顿少校知道,坠毁是不可避免的。他命令另外一架战斗机先行返航,然后向控制中心通报了里尔飞机坠毁的消息。

地面上,当地的一位农民目睹了里尔飞机坠毁的全过程。以每小时960多千米的速度撞向地面的飞机拉着奇怪的声音,像一枚导弹一样冲向地面,顷刻间粉身碎骨。虽然离事故地点有几百米远,但巨大的撞击声还是把这位目击者吓了一跳。他从震惊中清醒过来,意识到这是一次真实的空难。

消息传出,举国震惊。人们陷入悲痛之中。美国总统克林顿通过电视台悲伤地说:"失去佩恩,我极度悲痛。他的职业生涯是如此精彩,他的重新崛起是如此精彩,他深深影响了

◎事故现场被当地警方封锁，黄色的警戒线把现场包围了起来

这项运动。"更多的人想知道事故的真相，人们不明白为何飞机会陷入无人操控的境地。

事故调查工作交给了全国运输安全委员会。该委员会成员鲍勃·弗朗西斯担任新闻发言人。在对媒体的通报中，鲍勃·弗朗西斯告诉外界："今天下午发生了一起事故。我们将前往南达科他州。马上就要动身。我们目前所了解的情况并不比新闻报道的多，的确如此。我们只知道实际坠机地点位于一个奶牛场的外围，与预计的相差不到3.2千米。机上人员全部遇难。地面没有伤亡报告。事故原因正在调查中，调查小组已经开始工作。"

事故发生后几分钟内，就在人们还沉浸在巨大震惊和悲伤之中时，本泽和他的五人调查小组也离开办公室，登上了联邦航空局的包机。他们要第一时间赶往事发现场，搜集整理第一手的现场调查资料。只有在那里，才有可能找到这出悲剧的真正根源。

去往事故地点的路上，调查组的人在热烈讨论有关事故发生的原因。调查小组中有人提出了一个大胆却颇具新意的说法：佩恩·斯图尔特最近春风得意，他复出后的精彩表现和高调的行为举止遭到了某些人的嫉妒，很有可能有人在这次飞行中做了手脚。更多的人则对这种猜想表示了反对，认为没有调查前一切想法都不切实际，只有现场才会提供最终解答。

6小时后，急匆匆赶来的调查小组来到坠机现场。先期抵达的当地警方和工作人

◎调查人员正在事故现场搜寻飞机残骸

员已经在现场拉起了黄色警戒线,蜂拥而来的记者都被挡在了警戒线之外。尽管见惯了各式各样的交通事故现场,但这次事故的惨烈程度还是令所有小组成员感到震惊。在一块田野上,里尔飞机机头冲下撞向地面,在地面上形成了一个3米深的大坑。飞机和机上人员都已经化作碎片,事故现场周围几十米的范围内,飞机残骸和人体碎片随处可见。可以推断,飞机撞击时的速度一定非常大,撞击能量才会如此巨大。

调查小组要做的第一件事就是搜集飞机残骸,然后把它们拼装起来。复原后的飞机可以告诉人们坠毁前飞机的详细信息,而事故的原因就隐藏在这些信息中。当然,找到答案并非易事。即使飞机残骸比较完整,但要把它拼接起来,要比拼七巧板困难得多。另外,详细分析飞机各部分的信息,也是专业性极强的工作,需要科学、经验、专业、细致耐心的完美配合。联邦调查局的特工也参与了调查工作,他们要检查是否有违规操作的迹象。

调查人员身穿防护服,小心翼翼地搜集并鉴别着残骸。为了准确地绘制出每块残片的位置,这个区域被分成几个部分。在当地工作人员与志愿者的帮助下,调查小组在事

◎为了找到重要证据,调查人员排成一排,像考古一样仔细搜寻每一寸土地

故现场分为几组分头搜集飞机残骸。每个小组由五六个人组成,大家手拉手排成一排,沿着地表做地毯式寻找。大型的挖土机也赶来,帮着调查员们搜寻深入土壤里的碎片。虽然整个现场一片狼藉,但大家在统一指挥下,搜集工作进展顺利。在新闻记者看来,这些身穿黄色防护服的调查人员就像身处一个考古现场,所有的人几乎

◎由于飞机彻底解体,调查人员发现乘客已经随着飞机化为了碎片,现场惨不忍睹

都是一寸一寸搜寻。他们的敬业和专业令人敬佩,大家深信事故的原因一定会被找出。

除了飞机残留的金属碎片和塑料片,搜集到的少量人体遗骸被送往当地验尸官的办公室。虽然听上去很残忍,但在这个事故现场是找不到完整尸体的。里尔飞机以极快的速度垂直冲下去,撞击能量太大,随着飞机彻底解体,机上的人员也彻底消失。尸体已经分解为一片片的碎片,根本辨别不出是身体的哪一部分。参与搜寻的队员事后说,从未见过如此悲惨的失事现场。

3

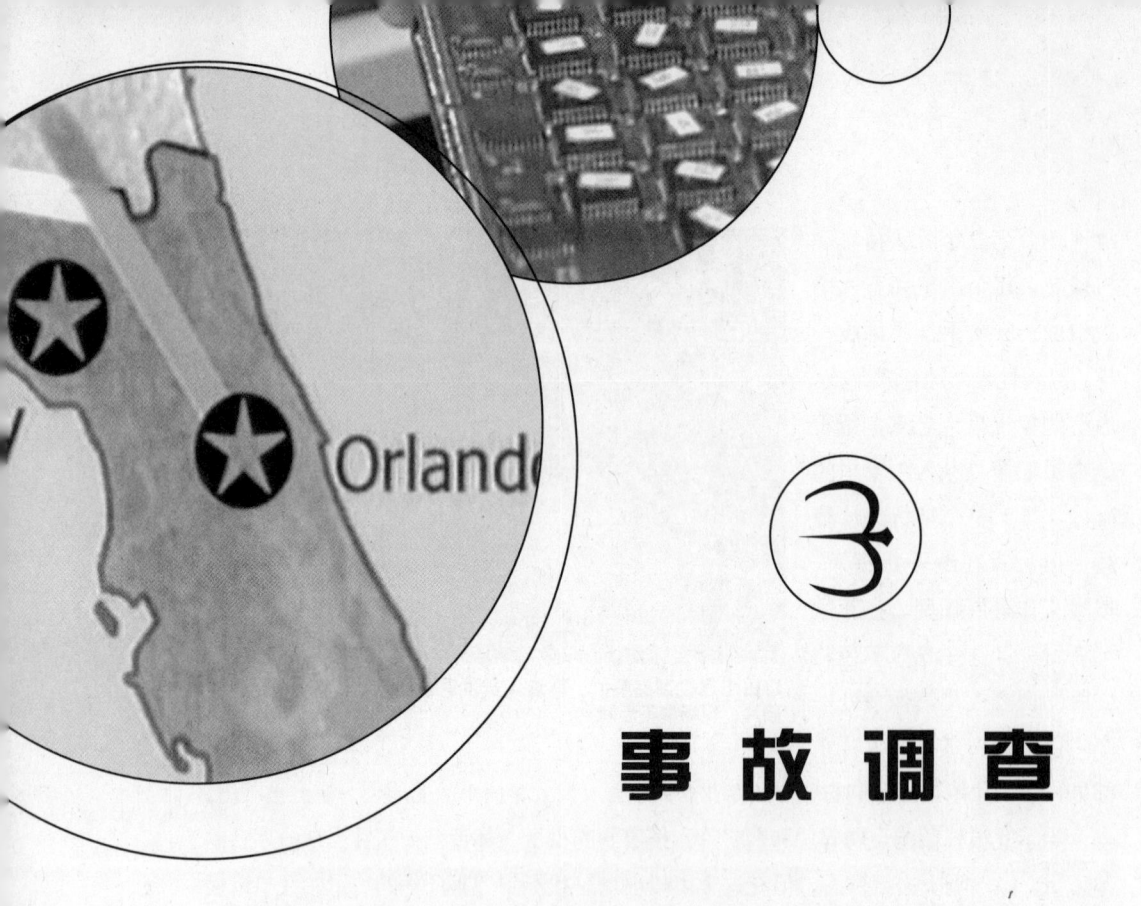

事故调查

在搜寻事故现场的同时，鲍勃·本泽询问了桑杰航空公司的相关人员。航空公司技术员说，里尔35型飞机并没有装配一般大型客机上配备的"黑匣子"，但装有语音记录器，安装位置在飞机驾驶舱中部。

调查组从租借公司租来了铲车，开始深挖大坑的底

◎为了寻找语音记录器，铲车正在深挖事故现场的大坑，以便尽快找到重要证据

部。在几乎把大坑的泥土整个翻了一遍之后，现场的搜寻者找到了这个语音记录器。它被深埋在大坑的最底部，被泥水所包围。外表看上去，记录器损坏得很严重。鲍勃·本泽派人把语音记录器空运回安全委员会总部，由语音记录器专家安娜·古斯曼进行

检查。在随后与安娜·古斯曼的电话中,鲍勃·本泽提醒对方要仔细分析记录器上的内容。对于调查小组来讲,这些内容是难得的和不容忽视的证据。

很快,记录器被送到安全委员会。负责驾驶舱语音记录器小组的组长安娜·古斯曼开始分析其中的数据。这种可擦写的记录器并不神秘,其实就是一块存储器模块。和磁带机不同,它是数字装置,声音就保存在这些存储装置里。要想知道记录器的内容,必须将声音从这些存储装置下载到电脑上,然后把数字回放。安娜·古斯曼按照程序开始下载,令人感到振奋的是,虽然外观损坏严重,但记录器仍可以下载数据。

◎安全委员会驾驶舱语音记录器小组的组长安娜·古斯曼负责破译语音记录器上的留存信息,以便找到飞机失事的原因

里尔35飞机上安装的语音记录器是早期数字记录器中的一种,录音时间只有30分钟。与预想的一样,30分钟的录音里听不到人说话的声音,只有驾驶舱里传来的警报声一直在响。在专业人士听来,驾驶舱里每个警报器的声音都不相同,调查人员仔细观察和测听,分辨出这是压力报警器的声音。

这是一条重要信息,它表明飞机在坠毁前机舱内的压力出现了问题,从而触发了

◎里尔35飞机上安装的语音记录器是早期数字记录器中的一种，必须用电脑先下载才能恢复成语音数据

驾驶舱里的压力警报。在空中，机舱内的压力大于舱外的压力时，乘客才能正常呼吸，这就是所说的机舱压力。大多数飞机飞行在12000米的高度时，机舱内部的压力将达到6000左右，低于这个数值，人们就会感到不适甚至影响正常生理机能。里尔飞机也装有报警装置，任何原因造成内部压力下降，压力报警器都会发出警报。这是一条关键的线索。飞机失去了机舱压力。但是为什么会出现这种情况呢？如果飞机出现了这种问题，为什么飞行员不马上采取措施紧急应对呢？

这条线索反馈回事故现场，鲍勃·本泽开始细细分析当天与里尔飞机有关联的任何文件和资料。控制中心的通话记录、驾驶舱语音录音器、桑杰航空公司的维修单与飞机派出计划、F16战斗机驾驶员与控制中心的通话记录以及相关的证人证言。所有这些信息汇集到一起，揭示了一个清晰的事实：在与控制中心通完话的6分钟内，飞机上的驾驶员双双失去了行为能力。否则就无法解释为何飞行员不采取下降高度的做法，也无法解释为什么6分钟后控制中心管制员再度呼叫无人应答的事实。

◎经过调查，调查小组认为飞机上的增压系统出现了问题

接下来的问题是，飞行员究竟遭遇了什么，会在如此短的时间内昏迷或者丧失正常的行为能力。这是调查工作的关键所在。

1999年11月1日，在飞机坠毁的一周后，鲍勃·本泽率领调查小组分析了F-16飞行员提供的情报，记录下来的雷达数据，联邦航空局和飞机的联络，等等，调查员把视线放在了飞机的增压系统上。正是这个关键的部位出了问题，才导致了飞机驾驶员在短时间丧失行为能力。

与大型民航客机不同，里尔飞机的增压系统是通过抽取两个发动机的压缩后的空气进行工作。增压后的空气被送到机体内的进气管里，再经过一个加热器，最后送到机舱。机舱内的压力大小由阀门控制，废弃的空气也由阀门排到舱外。一般来说，飞机迅速失去机舱压力，最大的可能是飞机机壳出现裂缝。但据控制中心管制员和F16战斗机飞行员证实，里尔飞机起飞后一切正常；飞机坠毁前战斗机飞行员也没有发现机壳有任何裂口。

既然裂缝不存在，最大的可能就是飞机增压系统本身可出现了问题。调查人员考虑到了这一点。他们继续仔细察看数千个残骸碎片。又经过10天辛苦的努力，调查人员在几千个碎片中成功找到了几截流量控制阀，阀门都是关闭的。这个发现意义重大，它为调查指明了方向。

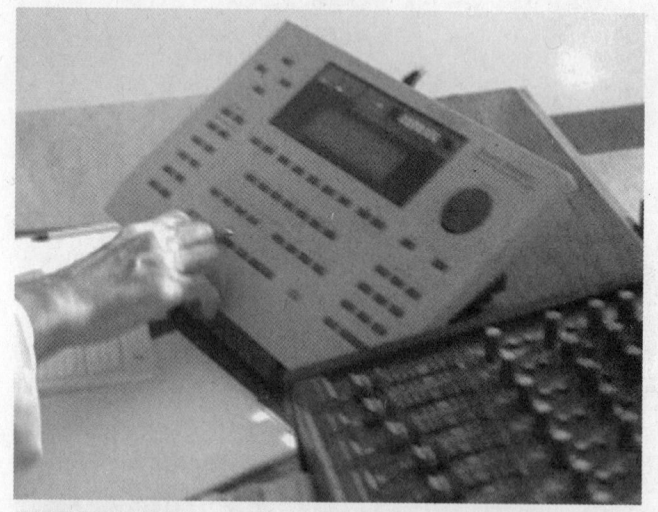

◎调查人员反复测听，发现机舱的压力警报一直响着警报声。这是一条重要线索

◎在这次事故发生之前，里尔飞机的其他飞行员反映飞机曾经出现过迅速失去舱压的情况

流量控制阀调节进入机舱的空气流量。在飞行过程中，控制阀应该是开着的。但从残骸中找到的控制阀却是关着的。有调查人员认为可能是由于撞击导致阀门突然关上，这一点被技术人员很快否定。根据设计，阀门在受到撞击时是不会自行关闭的，即使撞击的力量很大，控制阀门开关的弹簧也不会关闭阀门。只有一种可能：阀门自始至终就没被打开过。

由于高空异常寒冷，里尔飞机上又没装空调，寒冷的机舱会使得驾驶员即时打开阀门，以便让热空气充满飞机。但在地面上，发动机压缩空气会使机舱温度过高，驾驶员很可能就不会打开阀门。如果飞行员忘记将空气开关复位，机舱就不能增压，在飞机升空时，机组人员和乘客都会注意到空气压力下降。到 3000 米高空，压力警报也会自动工作，响起警报声。可当调查人员反复播放飞机在 8000 米的无线电通讯时，背景声音中听不到警报声。

这真是一个奇怪的现象，调查人员无法解释。

与此同时，桑杰公司一位飞行员称他曾在这架飞机上遭遇增压问题。1999 年 7 月 22 日，坠机发生前三个月，这位飞行员声称飞机开始迅速失去舱压。但桑杰公司能够提供的维修记录不具参考价值，事实上，这家公司在维修程序存有问题，管理非常混乱。随着调查的深入，调查员发现桑杰公司的飞行员在着陆有几次出现了问题。不是增压系统出了故障，就是别的什么有了毛病。但飞行员没有将这些故障记在飞行日志上，而是写在一张纸片上，然后交给公司维修部门去处理。这种形同儿戏的做法使得桑杰公司的维修记录混乱且错误百出，调查人员不可能从中发现有价值的线索。

由于桑杰公司的管理问题，调查进行到这里，无法继续下去。鲍勃·本泽和他的同事们束手无策，只能暂时搁置飞机增压系统的调查工作。

就在调查小组紧锣密鼓紧张工作的同时，美国高尔夫球界为佩恩·斯图尔特举行了隆重的追悼仪式。许多高球界的知名人士都来参加，人们都想在这种场合追思佩恩·斯图尔特的风采，寄托哀思之情。为了表达对这位传奇球手的敬意，美国高尔夫联盟还设立了"佩恩·斯图尔特"杯，专门表彰高尔夫行业的优秀人才。正如一位悼念者所说，"失去了佩恩·斯图尔特是美国高尔夫球真正重大的损失"。

◎为了纪念佩恩·斯图尔特，美国高尔夫联盟设立了"佩恩·斯图尔特"杯，专门表彰高球界的优秀人才

没有答案的结局

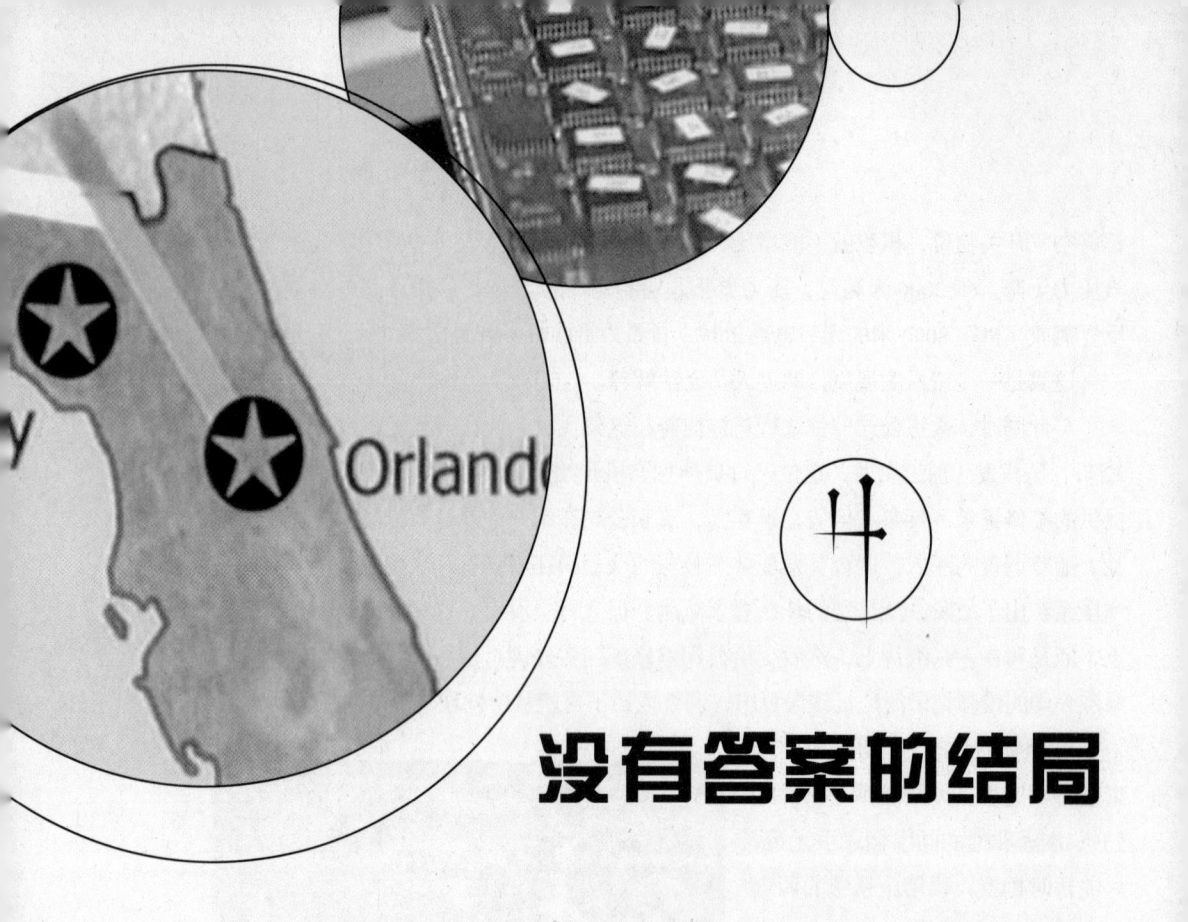

由于始终缺少关键性的证据，加之桑杰航空公司管理混乱，不能提供飞机的详细维修记录，调查小组的工作陷入僵局。作为负责人，鲍勃·本泽心急如焚。他不能理解，为什么机组人员知道增压出现故障时，没有立即降低飞行高度。作为一个训练有素的飞行员，当发现机舱压力不足，警报器就会发出警报。这种情况下，飞行员首先必须戴上氧气罩。然后关掉电源，打开阻流片，放下起落架，尽快降落。即使不能马上降落，也完全可以操控飞机在一分钟时间内降到周围大气充足的高度。如此，紧急情况就能自动解除，飞行员就可以拯救飞机。这使得调查员们百思不得其解。

接下来发现的证据更加令人震惊，工作人员从出事地点找回了飞机的氧气瓶。它就在飞机的前端，实际上它还没有破裂，很完好。然而，这个完好的氧气瓶是空的。一种推测让所有人不寒而栗。难道在完成无线电通讯后的六分钟内，飞行员确实戴上了氧气面罩，却发现氧气瓶是空的吗？

为什么是空的？难道有人事先动了手脚？难道真是如一位调查员所怀疑的那样，刚刚获得一项冠军的佩恩遭到了别人的暗算？没有证据支持这个猜想，尽管这种猜测有其道理所在。另一种可能是，氧气被机上的乘客用完了。当舱内压力下降时，乘客的氧气面罩会自动打开。他们会很快吸完罐里的氧气，而飞行员会渐渐失去意识。

调查组的顾问米奇·加伯医生为这种说法给出了医学上的解释：失去舱压意味着失去氧气。只要缺氧几秒钟，大脑的反应就会变得非常、非常的迟钝。随着海拔高度升高，空气会越来越寒冷、越来越稀薄，因为气压降低了。在海拔4500多米，肺中血氧饱合度仅为80%，

◎医学专家解释，人体在缺氧几秒钟后大脑就会变得非常迟钝，往往会产生幻觉和作出错误的判断和举动

这对大脑会产生极大的影响。这时的情况就好比一个人喝醉了酒。因为你大脑受损太严重，你已经无法识别产生这种损害的原因。所以，这时飞行员可能犯了常识性的错误，比如将旋钮的方向拧反了，或者按错了旋钮，面对紧急情况，他们在失去冷静的情况下只会将事情搞得更糟。里尔飞机处在1万多米的高空，气压非常低，以至于氧直接从血液中渗出进到肺里。身体机能很快降低，死神随之降临。如果飞行员接受过在缺氧环境下处理危急的训练，也许他能够在紧急时刻挽救飞机。

◎飞行专家对里尔飞机的两位飞行员提出了质疑，认为他们很有可能在飞机失去舱压后采取了错误的应对措施

调查组开始审查已经遇难的飞行员的背景。

42岁的驾驶员麦克尔·科林是前空军飞行员，飞行时间数千小时。六年前，他从空军退役，一直服务于商业航空公司。出事前两个月，麦克尔·科林才来到桑杰航空公司工作。虽然他有丰富的驾驶经验，但驾驶里尔35型飞机的飞行时数总共才60小时，而且多数时间是在配备有自动紧急增压系统的新型里尔飞机上。失事

◎佩恩·斯图尔特的遗孀在追悼会上悼念自己的丈夫，飞机失事给她带来了终生难忘的伤痛

飞机产于1976年，型号比较陈旧，没有装备自动紧急增压系统，需要飞行员手动控制。很有可能当机舱压力警报响时，他以为会自动启动紧急系统，所以没有作出反应。

  副驾驶史黛芬尼·贝莱加利格年仅27岁，到这家公司才8个月。指望这样一位新手能够圆满处理危急，确实不太现实。当驾驶员没有作出正确的选择时，年轻的副驾驶不具备补救和纠正的能力。

  所有这一切，都表明桑杰航空公司在管理上存有重大缺陷。作为一家运营空中交通的航空公司，玩忽职守就意味着谋财害命。在鲍勃·本泽的安全委员会调查期间，联邦机构对桑杰航空公司展开了刑事调查。2000年3月4日，联邦调查局工作人员对位于佛罗里达州的桑杰航空公司总部进行了搜查，当场扣押数百件档案，许多公司职员被叫去协助调查。自知大事不好的公司总裁詹姆斯·沃金斯事后马上宣布公司解散，并将名下所有资产转让给新成立的奥兰多航空中心。

一年后，在查验大量资料和询问证人之后，联邦航空局指控桑杰航空公司伪造飞行员训练记录，存在明显管理疏漏。例如，在遇难飞行员20多个小时的训练报告中，调查人员能够确定的仅有3个小时。正是这种敷衍了事和唯利是图的做法，导致了里尔飞机的悲剧。

鲍勃·本泽所供职的全国安全委员会成立已经35年了，这个功勋卓著的调查机构荣誉无数。至今，安全委员会进行过11万次事故调查，里尔飞机事件是少数几次没有成功中的一次。在记者对鲍勃·本泽的采访中，这位调查员显得无可奈何又极为不甘。"主要的问题是找不到任何一个确凿而又分量十足的证据。"鲍勃·本泽表示了遗憾，"尽管我们费尽了全力，还是不能知道为何机舱会迅速失去压力。飞行员的反常表现也令人费解，他们本可以有足够时间和机会来纠正错误，但令人遗憾的是，他们没有这么做。"

正如鲍勃·本泽所说，这是一次没有调查清楚的飞机失事的事故。2000年10月，事故发生一年之后，仍旧沉浸在悲痛中的遇难者家属起诉了桑杰航空公司。官司进展极为缓慢，最后以不了了之作为结束。稍后，2000年11月27日，全国安全委员会发布了最终报告。虽然没能确定飞机失事的最终原因，但调查报告还是令人信服地详细陈述了所发现的所有事实。这些陈述全部建立在证据的基础上，是调查小组一年来辛苦工作的结果。

◎调查小组发言人向外界宣布：由于一系列错误和管理失误，最终造成了这次里尔飞机的悲惨事故

在这份报告里，人们能够看到最接近真相的空难回放。

1999年10月25日清晨，一架此前出现过增压方面的问题，而且可能没有被完全解决的里尔飞机载着2名驾驶员和4名乘客从奥兰多机场起飞，目的地为达拉斯，全程需要两个小时。机上载有著名高球运动员佩恩·斯图尔特，他后来的遇难增添了这次飞行事故的神秘色彩。在8000米高度，杰克逊维尔的飞行管制员证实飞机一切正常，驾驶员意识清醒。舱音记录器也显示背景声音中听不到压力警报器的报警声。飞行员也没有戴氧气面罩，通话清晰清楚。6分钟后，交通管制员试图联络驾驶员，

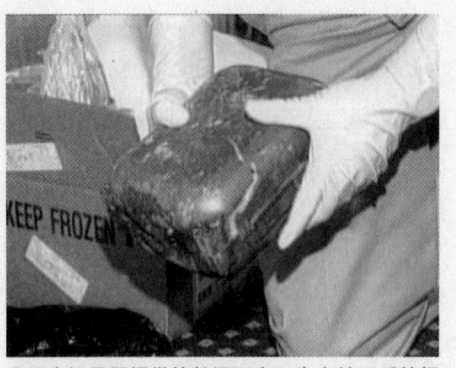

◎语音记录器提供的数据证实，失去舱压后的报警声音一直持续，这说明飞机是由于失去舱压导致了飞行员失去行为能力，最终造成事故

收不到回应。在6分钟内，飞机失去舱压，部分原因在于关闭着的流量控制阀。接下来，压力警报器响了，乘客氧气面罩也掉了出来，飞行员却没有反应，也没采取任何措施。几秒钟内，乘客和机组人员因缺氧窒息。处于自动驾驶状态的飞机继续爬升，超过最高限度近2千米。由于没有向达拉斯方向飞去而是照直北飞，引起管制员警觉。但此时，一切都已经晚了。

接下来，由战斗机护航的里尔飞机继续在可怕的寂静中飞行了4个多小时。此时舱内气压已经与舱外气压相同，因为飞机窗户全部结冰。中午12点12分，飞机燃料终于耗尽，坠毁于南达科州米那市附近的一家奶牛场。

悲剧一旦发生，对于死者而言，所有调查和对犯错者的惩罚都显得那么于事无补。但调查工作的意义除了揭示真相，更重要的是亡羊补牢。尽管调查没有取得完全成功，但联邦航空局还是采纳了安全委员会提出的几项建议。其中一条是，只要一听到高空警报的声音，飞行员就必须马上戴上氧气面罩。另外，飞机运营商必须对飞行员提供针对缺氧环境的训练。第三，飞机起飞前，飞行员必须进行紧急氧气系统的检查。所有这些建议，都是用里尔飞机坠毁这个血淋淋的事实换来的教训。

◎佩恩·斯图尔特将永远活在热爱他的球迷的心中

不知在天堂里，人们打不打高尔夫球。如果在那里也有这项运动，相信佩恩·斯图尔特也会有一大批喜欢他的"粉丝"。

2001年8月23日,一架空中客车从多伦多起飞,前往里斯本。在飞越大西洋的途中耗尽了燃油。关键时刻,飞行员必须马上下最后的决心。银色的客机放下起落架冲向跑道,飞行员嘴里发出了祈祷声:愿上帝保佑……

第五章
无助飞行

引 子

　　如果飞机的航线没有因临时原因改变15度，如果燃油多泄漏哪怕几十加仑；如果军事基地上的机场跑道再短50米，或者如果第一次紧急降落没有成功，300条鲜活的生命将会在一瞬间沉入大海，化为万丈深渊下的冤魂。

　　2001年8月24日，一起民航史上驾驶无动力空中客车飞行距离最远的纪录在无奈和极度危险中诞生。跨大西洋航空公司236号航班由于飞机漏油，在大西洋上空面临着坠入大海的危险情况。两位飞行员凭借着冷静理智与高超技术，加上不能再好的运气，最终挽救机上300多人的性命。他们驾驶着动力全无的飞机，仅仅靠着滑翔，在最后一刻降落到跑道。这是一次奇迹，更是一次事故。挽救了飞机的机长成了人们眼中的英雄，鲜花和掌声包围着机组人员。但当调查结果揭晓后，人们还是大吃一惊。盲目自信加上麻痹大意，236号航班的机长险些酿成大祸。幸运的是，他最终迫降成功。虽然无人伤亡，这起事故的原因还是发人深省，给我们留下了宝贵的启示。

奇迹生还

体量巨大的 A330 客机终于俯冲下来。

基地指挥官戈尔手拿望远镜，死死盯住正在迫降的飞机。已经盘旋了两圈，飞机的高度很快就要不够，飞行员必须马上下最后的决心。戈尔此时不知该对飞行员说什么，在他的一生中，这样的降落他从未遇到。看到银色的 A330 客机放下起落架冲向跑道，他嘴里发出了祈祷："愿上帝保佑！"

"嘭"的一声巨响，飞机接地。轮胎与地面接触后，发出一股撕裂人心的啸叫，跑道上的尘土随着飞机降落升腾起来。随后飞机稍稍弹起了一下，落地后依然高速前行。有巨大的爆胎声响起，紧接着又是一声。此时的飞机就像一匹脱缰的野马，在跑道上肆意狂奔。在地面救援人员的注视下，236 航班终于停下。一切似乎在几秒钟内就完成了，实际上整个过程持续了近一分钟。

当飞机最后停在跑道中央时，12 个轮胎已经有 8 个发生了爆裂。消防车和救护车也从跑道一端追了过来，它们停在飞机舱门周围，准备接应飞机上幸存的乘客。

迫降的整个过程惊险无比，但重要的是，这架飞机安全着陆了。它从 15 分钟前

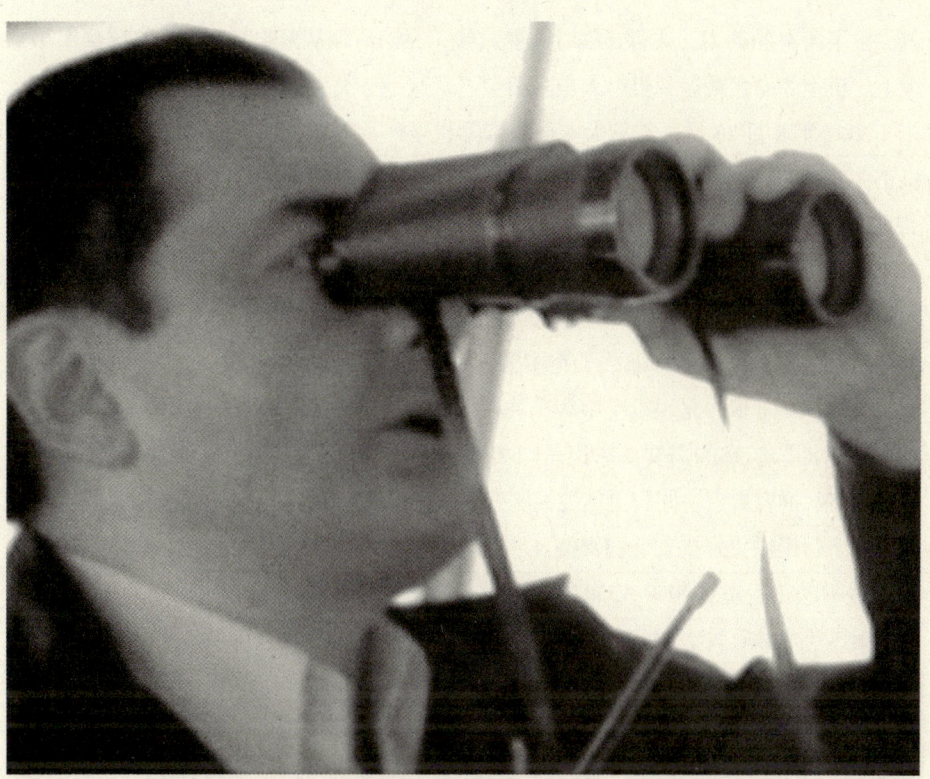

◎基地指挥官戈尔手拿望远镜,正密切关注A330空中客车的降落过程

◎跨大西洋航空公司是加拿大第二大航空公司,拥有众多国际航线和国内航线

就失去了所有的动力,飞行员临时改变航线,靠着滑翔从万米高空成功降落到军事基地上。机上306名乘客和机组人员全部生还。这是一次事故,更是一次奇迹。

2001年8月23日,加拿大多伦多国际机场一片繁忙。巨大的停机坪上几十架飞机正在等待起飞。跨大西洋航空公司的236号航班也在其中,再过几分钟,这架先进的A330空中客车将飞往遥远的欧洲,目的地为葡萄牙的里斯本国际机场。

跨大西洋航空公司是加拿大第二大航空公司,旗下拥有几十条国际航线和众多的国内航线。不久前,这家公司刚刚购买了5架最先进的宽体客机"A330空中客车",用来执行客源最好的欧洲航线。空中客车A330飞机是双过道宽机身中远程客机,最大航程12500千米,是现役空中客车飞机中航程最远的双发飞机,完全可以满足"加拿大—欧洲"航线的需要。它也是同类客机中最现代化的机型之一,机身长59米,翼展60米,拥有更大空间和更宽敞的座位。飞机设计上采用了大量最先进的科学技术,可以为飞行提供更好更安全的支持。

之所以花费重金购买A330投入运营,是因为跨大西洋航空公司经营状况良好。加拿大国土面积辽阔,经济发达,航空业在这个国家拥有巨大市场与广阔前景。虽然

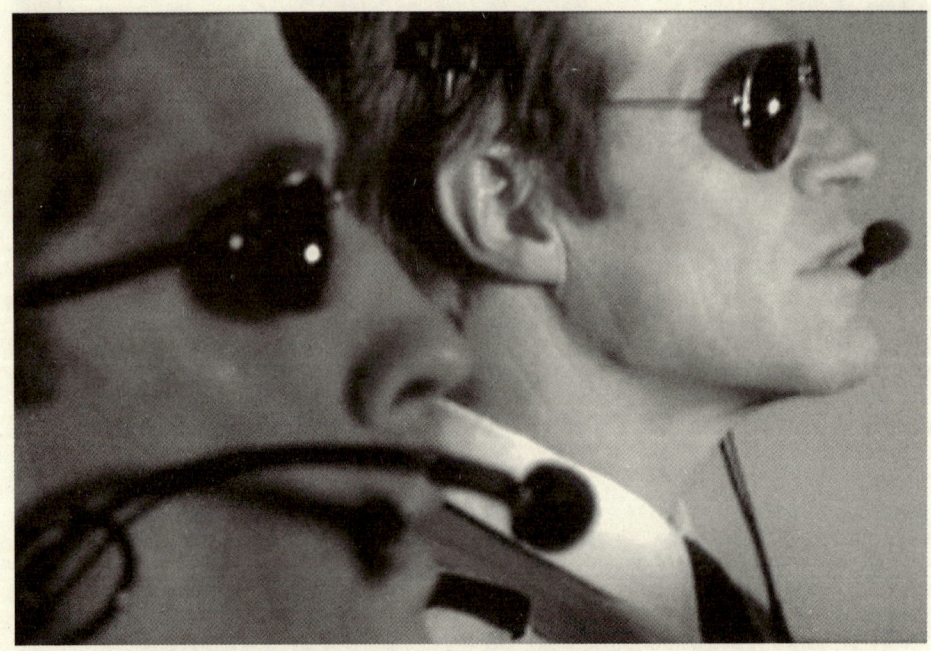

◎执行这次欧洲航线的飞行员是罗伯特·皮切和德克·德·亚格

每架 A330 价值 1.3 亿美金，但舒适和安全的飞行可以招揽更多的顾客，公司的董事们不会打错算盘。

驾驶这架双引擎豪华客机的飞行员是罗伯特·皮切和德克·德·亚格。机长罗伯特·皮切年逾 5 旬，经验丰富，性格沉稳，他从一开始飞行就和富有经验的老飞行员共事，是跨大西洋航空公司的资深飞行员。年轻的副驾驶德克·德·亚格头脑敏锐，反应迅捷，是前途无限的青年才俊。此时正是仲夏时节，欧洲进入了旅游的黄金时期，大部分乘客是去往那里旅游度假的加拿大人，还有一些回家探亲的葡萄牙移民。

玛格丽特和丈夫也在这些乘客之中。就在三天前，他们刚刚结婚，是一对沉浸在幸福中的新婚夫妻。玛格丽特和她的丈夫雅皮相识在法国，一见钟情的他们迅速陷入爱河，认识几个月之后就结婚了。丈夫雅皮原来是法国一家装饰公司的设计人员，工作十分令人满意。为了和心爱的人相厮守，他辞掉自己的工作，只身来到加拿大重新就业。玛格丽特很感激丈夫对自己所做的一切，为此特意把蜜月旅行安排在了欧洲。如此一来，雅皮就可以顺路回家看看他唯一的亲人——他的叔叔。

◎乘客们对飞机的舒适感到十分满意和享受，A330价值一亿三千万美金，是当今最昂贵的商业飞机

8月23日8点20分，夜幕已经笼罩了整个机场。236号航班整装待发，准备横跨大西洋，飞往大洋彼岸的葡萄牙里斯本国际机场。飞机装有47吨燃料，机上有306名乘客和机组人员。一切看上去都非常正常，明天上午，这架庞大的客机就会降落在欧洲的土地上。

驾驶舱内，副驾驶德克·德·亚格正在与多伦多机场调度中心通讯："236。跟随加拿大航空公司A320。R处左转，右侧2-4等待起飞。"

在得到明确的答复后，机长罗伯特·皮切推下手里的操纵杆，飞机开始滑动。从驾驶舱望出去，两边的跑道灯在飞速向后疾驶，飞机顺利起飞了。一般而言，起飞和降落是飞行过程中最危险的两个坎，也是发生事故最多的两个阶段。当236号航班上升到正常巡航高度后，两位驾驶员不禁轻松起来。驾驶这样一架豪华和高科技装备的飞机，对谁来说都是一种不错的体验。

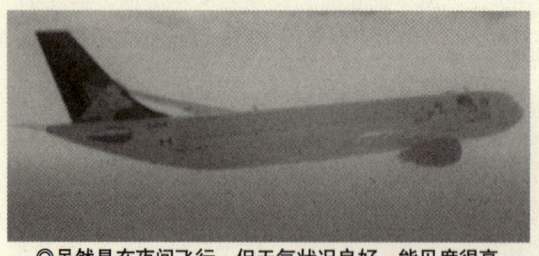

航线上的天气状况极好，皎洁的月亮挂在天上，能见度非常高。虽然是在飞机上，乘客们也不想这么早就休息。大家有的看书，有的在听音乐，还有的压低声音窃窃私语。玛格丽特靠在丈夫雅皮的身上，满怀幸福地享受

◎虽然是在夜间飞行，但天气状况良好，能见度很高

这美妙的蜜月之旅。爱情真是神奇，能让枯燥漫长的旅程也变得新鲜甜蜜。飞机要跨越整个大西洋，飞行时间将近10个小时。好在A330座椅空间宽大，乘客完全可以舒服地休息一晚。

起飞不久，机长接到空中交通指挥中心的命令。为了避免航线上的拥挤，236号航班需要向南偏离60千米。这是个很小的调整，对飞行没有任何影响。后来的事实证明，这个无意之中发生的调整，对后来的事故却起了关键作用。

飞机航行2个小时后，时间已

◎乘务员正在为机舱内的乘客服务

近午夜，乘客们都渐渐安静了下来，有的乘客已经戴上眼罩进入了梦乡。乘务员减少了服务活动，机舱内的灯光变得昏暗柔和，已经没有人在交谈了。此时，在驾驶舱内，机长罗伯特·皮切面带倦色，但仍然有条不紊地驾驶着飞机。他看了看身边正在忙

◎副驾驶德克·德·亚格负责飞机的油量计算和监测工作

着检查各种数据和读数的副驾驶，心中不禁羡慕对方的精力旺盛。年轻真是好，好像身上有使不完的力气。想到这里，罗伯特·皮切开起了玩笑："德克，明天飞完之后，你要好好给我讲讲你那个当健身教练的女朋友。"

"好的，没问题。"副驾驶轻松地回答道，"我就知道你关心这个。"

"哦，是吗？哈哈！"

虽然作为商业飞行员不该在执行任务期间开这些玩笑，但飞行员也是人，漫长的长途飞行很艰苦，尤其执行夜间飞行任务，对年龄偏大的驾驶员是个不大不小的考验。

已经是凌晨3点钟了。飞机平静地飞行了近6个小时，距离终点已经不远。按照操作规程，机长再一次要求副驾驶检查飞机各项常规数据和飞行指标。空中客车A330采用了许多高科技技术，驾驶舱也非常先进。整个飞机上，十几台计算机连接着一百多台机载感应器，对飞机的飞行情况进行不间断的监控。反馈回来的信息，经过计算机的核实与检测，以醒目而又简单的数值显示在显示屏上，为飞行员提供直接和可靠的参考数据。虽然有时计算机会因各种原因出现小小纰漏，但在远离地面的万米高空，飞行员能够依靠的除了技术和经验，最可靠的朋友就是这些计算机。如果飞行员不信任计算机，可能就会出现严重的问题。轻则手忙脚乱，效率低下；严重的就会发生事故，出现危险。飞越大西洋中，机组人员每30分钟就要检查一次所在位置和燃油状况。虽然有计算机的辅助，但有些程序，比如检查燃油状况仍需手工完成，这也是为了提醒飞行员时刻关注最关键的指标。

通过比较剩余燃油量和出发时装载的燃油量，副驾驶德克·德·亚格很快查出

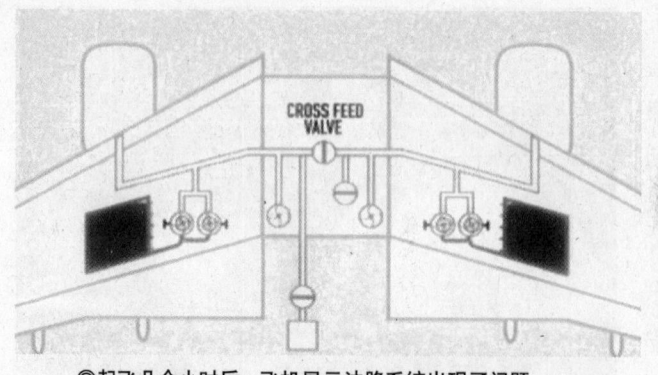

◎起飞几个小时后，飞机显示油路系统出现了问题

燃油的消耗情况。

"燃油检查结束。一切正常。"德克·德·亚格对这些已经轻车熟路，他娴熟地依次检查各项数据，嘴里不断报出"正常、一切正常"的口令。

又是一切正常。看起来，236号航班本次航行非常顺利，再过两三个小时，飞机就可以抵达目的地了。

"嘀、嘀、嘀。"副驾驶前方的仪表盘上响起了警报。

两位飞行员同时把目光转向了显示屏，鲜红的警告符号数字表明——飞机的油路系统出现了问题。飞机的二号引擎出现"油温低"、"油压高"的警告信号。机长罗伯特·皮切眉头皱了起来，他对副驾驶说道："什么意思？你知道吗？"

"不知道，以前从未遇到过这种情况。"德克·德·亚格也感到疑惑。

"翻阅使用手册，查查这是什么意思。"机长一边驾驶飞机，一边在脑海里搜寻类似的报警信息。

年轻的副驾驶拿出飞机使用手册，快速找到相关页面。他反复翻阅，却没有发现这个报警信息代表的故障原因及解决方法。

"没有找到。手册上没有。"德克·德·亚格说道。

"油温怎么会降低呢？应该升高才对啊。"机长迷惑不解。

"是的，一般飞行一段时间后油温应该升高一些。"德克·德·亚格回答。

驾驶员感到迷惑是有原因的。一般情况下，低油温指数是预示着油路传感器指数不正常，情况很不妙。油温通常不会下降，相反，它们会升高，所以油温偏低需要引起警觉。至于另一个报警信号"油压高"，就更不常见。罗伯特·皮切飞行生涯中一次也没遇到过。

"看来我们需要联系地面指挥中心，看看他们怎么解释。"机长示意副驾驶呼叫指挥中心。

德克·德·亚格放下手册，略带紧张地对着话筒呼叫："环大西洋236呼叫米

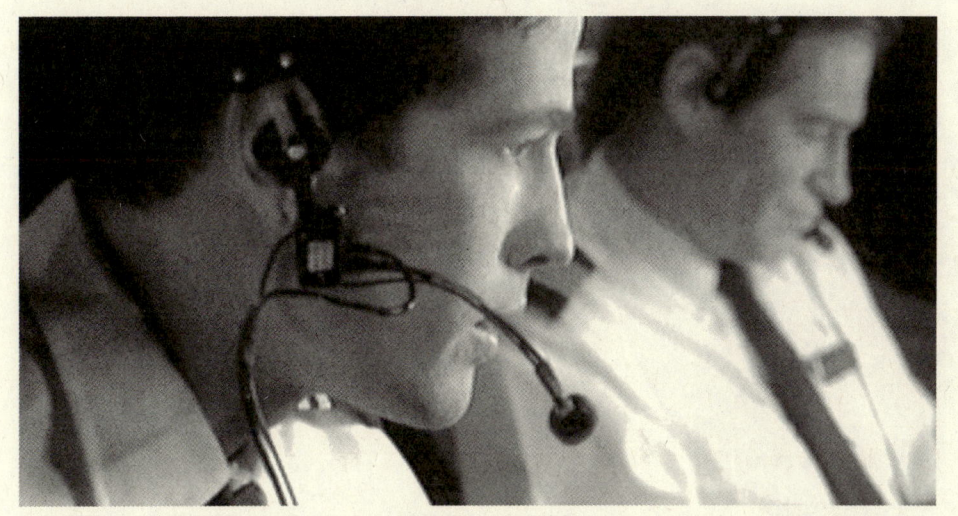

◎两位飞行员对异常的油量变化感到迷惑不解，他们开始遇到麻烦

拉贝尔指挥中心。"

"这里是米拉贝尔，环大西洋236，你好。地面的声音非常清楚。"

"飞机出现了警报。显示屏显示二号引擎电子监控器出现'油温低'、'油压高'警告。找不到相关解释。你们能解答吗？"副驾驶问道。

……地面很久没有回答。估计对这个问题他们也没有什么经验，相关技术人员也许正在搜集解决方法。几分钟后，指挥中心传来讯息："环大西洋236，建议继续监视油量，观察随后发生的情况。"

这个回答并不能令飞行员感到满意。警报仍然在响，情况看起来不妙。

"也许是计算机出现了错误。我们起飞前飞机显示一切良好的。"罗伯特·皮切对计算机的工作提出了怀疑。

"有可能，我们再观察观察吧。"副驾驶找不到原因，也怀疑是计算机传感器出现了失误。

摸不着头脑的两位驾驶员停止了交谈，开始把注意力放在了显示屏上。指挥中心给出的建议虽然没有实际意义，但密切关注接下来的发展却是非常重要的措施。计算机在带给驾驶员简单与方便的同时，也相应削弱了他们对飞行状况的判断能力。如果真是计算机出现的小小纰漏，情况也许就没有那么糟糕。

2 怪异的油量

乘务员克里斯丹轻手轻脚巡视了一遍客舱,回到机尾自己的位置上坐下。乘客们很安静,大部分人都睡着了。克里斯丹打了个哈欠,但一想到还有几个小时就可以落地,这位金发碧眼的姑娘立刻又兴奋起来。在外人眼中,"空中小姐"这份职业收入高又可以到处跑,令人羡慕。但实际上,这份风光的工作背后同样也有苦涩和艰辛。克里斯丹刚刚当上乘务员的时候,非常不习惯这份服务工作的高标准严要求。乘

◎乘务员克里斯丹是一位非常称职的机组人员

客各式各样，什么人都有，但乘务员的微笑却要永远挂在脸上。没完没了的业务培训，经常加班飞行的疲劳困倦，长期空中工作对身体造成的影响……所有这些都是乘务员保持良好工作状态的大敌。克里斯丹长长地伸了个懒腰，深坐在椅子里小憩了一会。她不会想到，此时，驾驶舱里她的两位同事已经陷入了麻烦。

自从警报响起后，驾驶舱里的情况没有改观，更严重的状况随之而来。在德克·德·亚格与指挥中心沟通后，不到20分钟，飞机发出了另一个新的警报。这次是油量失衡警告。

空中客车A330是双发动机的大型飞机，大部分燃油都装在两侧机翼的大油箱里。236号航班起飞前，计算机显示两侧油量平衡，没有异常情况。可现在的警报却显示左侧的油量要比右侧少。明明是两个发动机同时在工作，结果却成了一个油多一个油量少。

"15分钟前不是检查过油量吗？那时一切正常啊。"罗伯特·皮切向副驾驶问道。

"是的。15分钟前刚刚检查过燃油，那个时候还没问题。没发现燃油泄漏。"德克·德·亚格肯定地说道。

"一定又是计算机出了问题。看看手册上如何解决。"机长说。

"好的。"德克·德·亚格重新拿起使用手册看了起来。

这次手册给出了具体解决方法。A330客机有一个特殊的双向进给阀，可以将燃

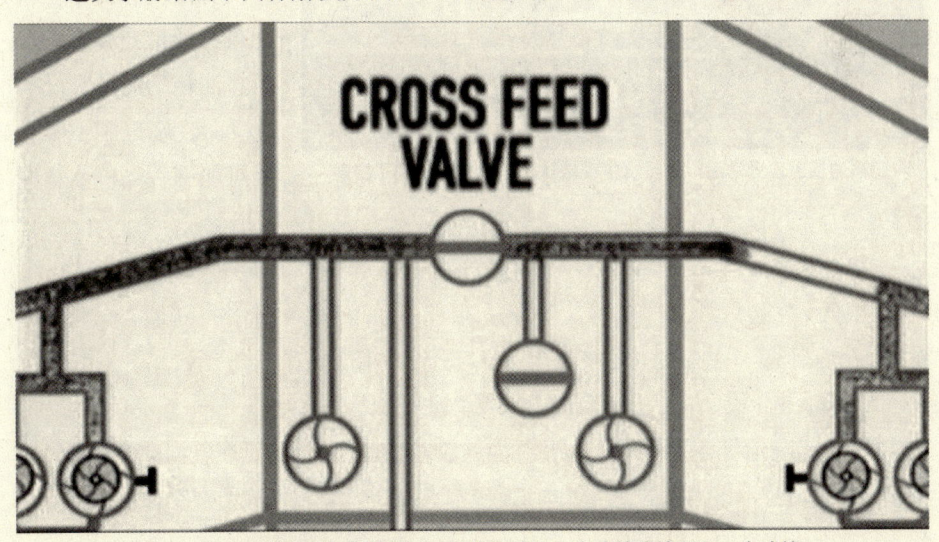

◎A330客机设计有双向进给阀，可以将燃油从一个油箱传输到另一个油箱

油从一个油箱传输到另一个油箱,直到两个油箱保持平衡为止。

"机长,现在启动双向阀门吗?"副驾驶征求机长的意见。

"是的,启动双向阀。"罗伯特·皮切肯定地说。

德克·德·亚格对照着手册,仔细地在触摸屏上按下了阀门的图标。计算机收到这个指令,会马上启动阀门,用来平衡两边的油箱保持均衡。

两位驾驶员都忽视了手册上的一条警告:开启双向阀门调节油量时,一定要事先排除燃油泄漏的可能和状况。由于15分钟前刚刚检查过油箱,两位飞行员都没有怀疑燃油泄漏的可能。他们认为这和上次警报一样,都是计算机出现失误的表现。空中客车上有几十万个零部件,计算机系统监测着最重要的近千种指数。有时,这些传感装置可能会受到一些外界环境的影响,比如某个传感器上结霜了,或者飞机到达高空冻冰了,这些都会导致计算机显示错误的数据。虽然并不是每次飞行都会发生这种事情,但对飞行员来说,这种情况已经见怪不怪了。

正是这种想法,拉开了这次灾难的序幕。

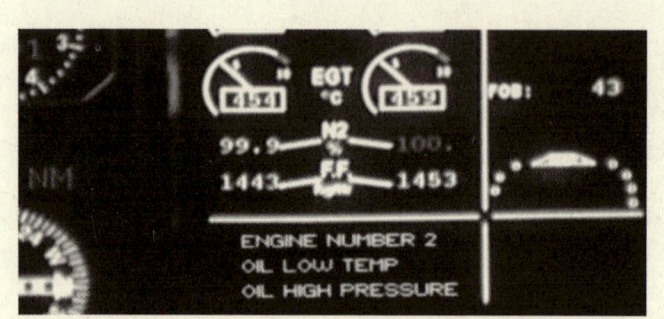

◎当油量出现异常后,飞行员主观地认为是计算机出现了错误

驾驶员开启双向阀门之后,他们希望见到的两侧油箱均衡的情况并没有出现。虽然左翼油箱的油量在减少,但右翼油箱的油量并没有上升。现在只剩下了一个可能——飞机油箱漏油了。

"检查油量。"机长罗伯特·皮切有些着急。

"很低。左边只剩7.5吨,右边只剩6吨。"德克·德·亚格一边回答一边快速在纸上进行计算。"油量比正常值要少得多。可能是漏油了。"

"备用油箱也没油了!"副驾驶几乎喊了起来。

两个人简直不敢相信自己的眼睛,但读数告诉他们,油量正在急剧减少,已经大大超出引擎自身本该消耗的速度。本来该剩很多油的油箱很快就要空空如也,对于一架飞行在万米高空的飞机来说,没有什么会比这种情况更糟糕的了。

"我要联系乘务员,让她们帮我们看一下引擎的情况。"机长说完后,开始呼叫客舱内的乘务员。"克里斯丹,请过来一下好吗?"

机长打来了电话,克里斯丹向机头的驾驶舱走去。当她看到机长和副驾驶的脸色时,马上意识到可能出现了一些问题。

◎机长把乘务员叫来,让她去客舱帮助查看引擎是否漏油

"你好,克里斯丹。"

"你好,机长先生。"

"你和克伦能不能拿上手电到舷窗边去,看看机翼后面有没有什么东西出来。如果有雾或者水样的东西,马上回来告诉我。"

◎飞机警报不断响起,提示飞行员飞机的油量即将告罄。副驾驶开始联系指挥中心

"好的,先生。我这就去。"克里斯丹急忙走出驾驶舱。她走到服务区,拿上手电来到靠近机翼的舷窗旁。但外面太黑了,机翼下方什么也看不见。如果是在白天,从机翼后部泄漏的燃油很容易就能看到。但是在深夜,即使用手电筒也无法看到从机翼泄漏出来的燃油。

就在这时,驾驶舱内的警报再度响起。二号引擎的油量几乎耗尽,红色的报警信号频繁闪烁。计算机给出的信息表明,飞机的剩余油量马上就要耗尽。如果情况属实,236号航班将无法抵达里斯本。机长皮切必须果断作出决定。

"麻烦来了,德克。我们必须转向。通知海洋指挥中心,询问最近的机场在哪里。"

"好的。马上联络。"德克·德·亚格抬头看了一眼右侧的舷窗,心里闪过一丝

不安的情绪。作为毕业于航空学院的高才生，他热爱这份可以翱翔于蓝天的职业。虽然对这份工作的危险性早有心理准备，但险情真的来临时，这名年轻的飞行员还是感到了紧张。他收了下心神，开始呼叫指挥中心。

"请接指挥中心。"

"这里是圣马利亚指挥中心，环大西洋航空236重型客机，请讲。"对方很快回答。

"环大西洋航空236重型客机报告：我们出现状况，油量告急。"副驾驶发出了警报。

"你们还能维持多长时间？"指挥中心问道。

"环大西洋236重型客机呼叫圣马利亚指挥中心。请告知最近的机场位置。"副驾驶面色凝重，额头已经微微渗出了汗珠。

意识到情况危急，指挥中心工作人员马上回应："圣马利亚指挥中心呼叫环大西洋236。高度上升230，直飞390。距离跑道入口350千米。确定需要紧急援助？"

听到最近的飞机跑道在560多千米以外，两位飞行员慌了手脚。飞机剩下的燃油绝对不可能支撑到这个距离。他们需要采取紧急措施，寻找具有实际意义最近的飞机跑道。在这条航线上，靠近海岸的岛屿上建有一些军事

◎机长感觉到情况不妙，决定向地面寻求紧急援助

基地，也许那里才是飞机能够到达的降落之地。但有一个问题，民航飞机不到最危急时刻，不可能使用军事基地的机场。如果真是计算机系统给他们开了个玩笑，带着一半的油量降落那里，飞行员必将受到调查和惩罚。指挥中心询问他们是否需要紧急援助，就是为了确定情况的危急程度。一旦飞机真的飞不到里斯本，就只能联络军事基地指挥官，商洽紧急降落事宜。

机长罗伯特·皮切还在犹豫。他不能确定飞机油箱是真没油还是只是计算机显示错误。两种情况的风险都让他不可承受。

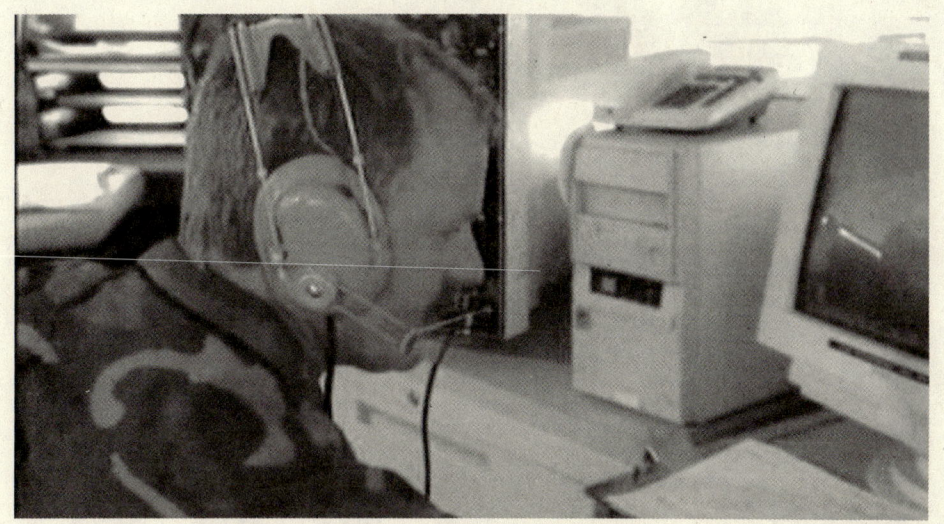

◎地面指挥人员告诉飞行员，他们可以改变航线紧急降落

正在机长举棋不定的时候，最糟糕的情况出现了——飞机右引擎停止了工作。此时是24日清晨6点13分，也就是第一次燃油警告出现不到1小时，右引擎空中停车。巨大的空中客车现在少了一只翅膀，只能依赖左引擎保持飞行。

"二号引擎停止工作！现在只能依靠一号引擎了。怎么办，机长？"德克·德·亚格喊了起来。

机长还算镇定，他继续操控飞机，保持飞机平稳飞行，面色严峻地说道："德克，马上呼叫指挥中心，要求实施紧急援助。"

副驾驶闻听立即联络指挥中心。罗伯特·皮切推下操纵杆，开始降低飞行高度。只有一架引擎运转无法将空中客车维持在一万多米的高度。他们必须尽快降落。

失去动力

　　机舱的乘客正在休息，突然飞机猛地一抖，乘客有些从梦中惊醒，有的被这个意外吓了一跳。紧接着，舱内的灯光也出现了问题，开始忽明忽暗。

　　"发生什么事情？皮埃尔快醒醒。"劳斯晃动着自己的哥哥，想把他从梦中叫醒。从昨天晚上开始，劳斯就一直没有睡好。她是个敏感的姑娘，性格内向腼腆，离开了自己那舒服熟悉的床，劳斯很难在任何一个地方睡着。这样的人一般很难适应环境，旅行和出差对他们来讲真就是一种痛苦。劳斯也是如此，如果不是为了赶赴葡萄牙参加表哥的婚礼，她可不愿意千里迢迢的长途旅行。

　　"怎么了？"皮埃尔睡眼惺忪。

　　"哥哥，你看，飞机上的灯出问题了。"劳斯有些紧张，抓着哥哥的手东张西望。

　　皮埃尔伸长脖子左右看了看，略带调侃对自己的妹妹说道："劳斯，你真是大惊小怪，灯光不还是亮着的吗？你放心，就算是没了灯，这是在天上，没有小偷进来。"

　　"皮埃尔，你真坏，不和你说了。"妹妹撅起了嘴巴。

　　"现在几点了？我们应该快到了吧。"皮埃尔伸着懒腰，打着哈欠问劳斯。

◎乘客们被飞机的晃动从梦中惊醒,他们此时对飞机将要遭遇的危险一无所知

◎机舱灯光突然变得忽明忽暗,紧张的乘客询问乘务员飞机是否遭遇了麻烦

这时，客舱里发生了一点骚动。灯光突然变得很暗，乘客纷纷警觉起来，有人在招呼机组乘务员。

驾驶舱此时也不安静。德克·德·亚格与指挥中心取得了联络，中心告诉他们可以选择在亚速尔群岛特尔赛拉小岛上的拉日什军事基地紧急降落。这块跑道相比里斯本近了许多，可以为航班争取宝贵的时间。在最终确定紧急支援后，两位驾驶员调整了航线，向着特尔赛拉岛飞去。

236号航班孤独地穿行在大西洋茫茫的夜空上，没有人知晓它遇到的危险，也没有人能挽救这一切，除了飞机上的两位飞行员之外。

祸不单行。就在236号航班采取紧急措施改变航程之后，更大更致命的危险降临了。飞机警报系统显示：236号航班燃油耗尽，双侧引擎已停止工作。目前的事实是：右引擎熄火13分钟后，左引擎也开始停止工作。这时，他们距离目的地还有130千米。

◎两个引擎都停止了工作，此时飞机距离目的地还有130千米

突如其来的危险会让人心慌意乱，接二连三的灾难反而可能使人冷静。当飞机的左引擎也停止转动后，机长出奇地冷静。此时的他反而从患得患失和害怕承担责任中解脱出来，原因很简单：如果不能赶在飞机不断降落之前成功迫降，那机上300多人就要坠入茫茫大海，当然也包括他自己。在求生的欲望面前，一切其他的东西都显得不重要了。

"德克，两侧发动机都已停车，飞机失去了动力。"机长说话时并没有看着自己的搭档。

"是的！飞机现在出现紧急状况。丧失功能的部位有：平衡器。蓝黄液压传动装置。2号、3号事故数据记录器。制动、换向开关、方向舵、1号和2号HF波段。"

副驾驶从来没有经历过这样的险情。但他知道，没有动力的飞机，如果不能顺利着陆，最后的结局就是变成一架巨大豪华的钢铁棺材。

"是的，德克，我们可以靠滑翔向目标前进。"机长说道，"告诉我飞机现在的高度，

利用滑翔角度还能飞多远？"

"高度9000米，飞机每分钟下降600米。我们大概还能坚持10~15分钟。"副驾驶给出了飞机最终能支持的时间。

"好的，德克。你还要再办一件事，联系乘务员，进行水上迫降。"机长不慌不忙说道。

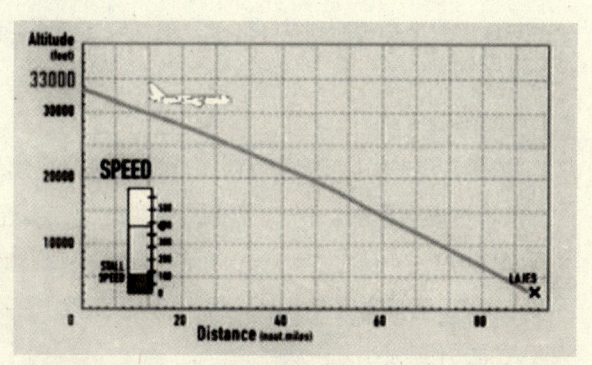

◎如果只靠滑翔，处在1000米高度的飞机还可以维持大概15分钟时间

乘务员此时并不轻松，她们正在安抚心烦意乱的旅客。机舱内的灯光在引擎停止后同时熄灭，不知就里的乘客纷纷要求她们解释。克里斯丹和几位乘务员也不知道什么情况，但职业训练教会了她们如何应对。有乘务员拿出了手提应急灯，走到哭闹的孩子面前安慰，还有人站在客舱中段，劝告乘客不必慌乱。当驾驶舱的电话打来时，克里斯丹已经做好了思想准备。她知道，也许接下来的事情会很艰难。但她必须团结自己身边的同事照顾好乘客，这是她们的工作，也是她们的职责。

"克里斯丹，告诉乘客，我们要实施紧急水上迫降，再说一遍，实施水上迫降。请你们做好准备。"机长的声音冷静而清晰。

"好的，先生。明白了。"克里斯丹听到这些，还是吓了一跳。不到目的地实施水上迫降，这说明飞机遭遇了重大故障或者危急情况。否则，没有必要冒着如此巨大的危险迫降。水上迫降，从某种程度上讲比陆地迫降还要危险。水看起来柔弱，但飞机迫降时就是另一回事了。巨大的质量加上高速坠落，即使钢铁制成的飞机也如纸糊的一般。但眼下已经没有时间考虑这些事情了，克里斯丹小跑着来到客舱，向其他乘务员通报这个情况。

坐在中后部的玛格丽特被客舱内的声音吵醒，她听到有人正在喊叫。摘掉眼罩，玛格丽特发现眼前仍然是漆黑一片，能听见有乘务员正在劝慰情绪急躁的乘客。

"怎么回事？亲爱的。"丈夫雅皮也醒了。

"不知道，也许飞机没电了。"

"没电了？飞机怎么会没电呢？太奇怪了！"雅皮觉得不太可能。

玛格丽特没有回答，她正在竭力想听清乘务员在说什么。

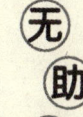

14D座位上的劳斯则被吓坏了。起初灯光忽明忽灭已经让她感到紧张,现在干脆全部黑掉。没有了光明,劳斯感觉周围的空间似乎一下子缩小收紧,她觉得憋闷,甚至有些喘不上气来。

"哥哥,我害怕!我觉得呼吸困难。"劳斯向皮埃尔抱怨。

皮埃尔也感觉到了不对。他抓住劳斯的手,凑近她说道:"不要怕,我去问问怎么回事?"

正说着,客舱里突然亮起了几盏灯光。虽然十分微弱,但总好过没有。灯光一亮,乘客人群里不禁发出几声欢呼。

飞机上的小型发电机开始工作,这是飞机出现危急情况才会启用的特殊装置。在空中客车的底部中间位置,有一个小装置叫"冲压式气涡轮",能够让机身下面接近机翼处的整流装置展开。飞机一旦引擎熄火,发电机自然不转,飞机上就会停电。为了解决这个问题,飞机上这个小型推进器会在风中旋转,为飞机提供一定的电力和水力

◎空中客车底部装有"冲压式气涡轮"的装置,可以给失去动力的飞机提供临时的电力

系统动力。也就是说,就算飞机成了滑翔机,至少也是一架可以控制的滑翔机!

问题是,滑翔虽然可以前进,但决不可能让飞机升高。失去动力后,在地球引力的作用下,保持滑翔角度的飞机每向前行进5千米,就会下降300米。如果不能如愿抵达亚速尔群岛,飞行员将面临水上迫降。目前的状况是,经过计算,236号航班的高度刚刚够滑翔到军事基地。但有一个前提,就是飞行员在这个过程中不能出现任何失误。如果偏离航线,或者滑翔角度掌握不准,飞机就会坠入大西洋冰冷的海水中。如果真要面临这种情况,机上乘客的生命将受到极大威胁。此前有过民航飞机水上迫降的例子,结局都很悲惨。

1996年,一架埃塞俄比亚航空公司的波音767飞机飞到东非海岸附近时燃油耗尽。

飞机不得已进行水上迫降，结果入水后机体分离，175 名乘客中只有 50 人生还。入水时巨大的撞击力撕开了机尾部分，大部分乘客在这个过程中就永远离开了人世，还有一些因为长时间漂浮海上被低温和脱水夺去了生命。茫茫海洋广阔无比，搜救工作很难开展，

◎飞机在水面迫降，大都会造成机毁人亡的悲剧

一旦坠机，即使当时能够幸存，也很难坚持到被救援队发现。

机长罗伯特·皮切当然也深知这一点。虽然他通知乘务员做好水上迫降准备，但内心里他极其希望能顺利抵达基地跑道。飞机彻底失去动力的时候，他和副驾驶做了计算，得出的结果还算幸运，飞机可以维持到这段距离。但计算和实际是两回事，他自己绝对不能犯任何错误。已经没有时间考虑什么情绪问题，机长和副驾驶的注意力都集中在了手边的任务上。机长手握操纵杆，尽量让飞机保持最佳角度。副驾驶德克则关注飞机的参数和状态。两人几乎一言不发，配合却相当娴熟默契，就好像这种场景以前演练过一样。

克里斯丹在客舱向乘客示范如何穿着救生衣。她手里拿着救生衣袋子，边打开边对乘客大喊道："乘客们请注意！有重要信息向你们通报。请大家马上穿上救生衣。"

"请大家不要慌张，每个人都要脱掉你们的鞋子，然后穿好救生衣，系好安全带。"克里斯丹拿出橘红色的救生衣，向乘客示范正确的穿戴方法。

"落水后再打开按钮充气，救生衣会保证我们的安全。"不顾已经炸了营的乘客们，克里斯丹兀自向人群通报注意事项。"飞机正在失去高度，机舱压力会慢慢下降。我们需要戴上氧气面罩。它就在你们的座椅上方。"

"哦，天哪！为什么要在水中降落？为什么没有燃料了？"乘客中有人大叫。

"发生了什么事情？有人吗？快来人啊！"一位老年乘客站起来大声嚷道。

整个机舱乱作一团，乘客中已经有人开始祈祷，企求上帝救救他们。

"真是糟透了，玛格丽特。真见鬼！"雅皮摇着脑袋，对自己的妻子说道。

"早知道就不坐这见鬼的航班，我们就不该去这该死的欧洲度假。"雅皮情绪有些失控。

"冷静点，亲爱的。会没事的。"玛格丽特也不知如何是好，只能安慰自己的丈夫。她也不愿意相信，自己竟然会遇到这种情况。飞机遇到了危险，下一步还不知道会发生什么，难道这就是自己想要的蜜月旅行吗？

劳斯害怕极了。她僵在了座位里，脸上写满了难以置信和惊讶的面部表情。哥哥皮埃尔在旁边一直催促，让她赶快先穿上救生衣。劳斯觉得自己的手开始不听使唤，她拉住哥哥的手臂，开始抽泣起来。死亡这个问题，年轻的劳斯以前从未认真考虑过。对于一个年轻的姑娘来说，生活里只有鲜花和快乐，危及生命的灾难，从来就不属于青春飞扬的年龄。但灾难实实在在降临了，来得那么突然，那么决绝，丝毫没有商量的余地。周围的人已经都惊惶失措，自己的哥哥也手忙脚乱，没人过来安慰她，没人告诉她如何才能得到一线生机。坐在这庞大的飞机里，根本不可能有什么逃出去的希望。难道这就是生命终结的时刻，难道就是在这样的时间和地点？劳斯有些绝望了，终于开始放声大哭。

"劳斯，镇静点！照乘务员的话去做。"哥哥对妹妹喊道，"相信我，不会有事的，只是个小麻烦。"

皮埃尔的心里也不能平静。他无从想象飞机落在水里的后果，他只是觉得自己不

◎事后，事件亲历者回忆起那段危急时刻仍然感到不寒而栗

会就此告别这个世界。这种希望和信心不知从哪里得来，却真真切切让他保持着镇定。他要活下来，要自己的妹妹也安然无恙；他还要如期出席表哥的婚礼，然后安全回到加拿大。皮埃尔搂住妹妹的肩膀，不停地劝慰这个脆弱恐惧的妹妹。

乘务员简短地说明了飞机遇到的险情，告诉大家危险与机会并存。没有燃油的事实让乘客们更感担心，好在但飞机还有希望，驾驶舱里的飞行员正在竭力飞往最近的机场，他们还有一线生机。乘客们知道，现在只有驾驶飞机的人是所有问题的关键。

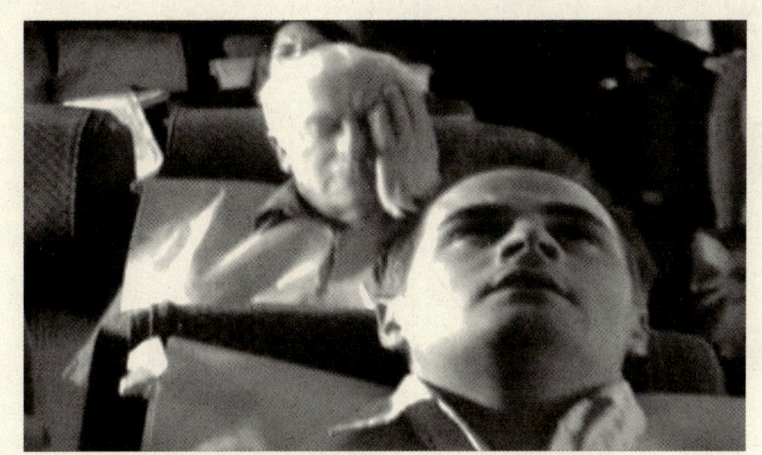

◎无助的乘客此时只有暗自祈祷，希望上天能够眷顾他们

如果飞行员有完美的表现，再加上好运气，他们就可以避开死亡，虽然也许此刻死神就正在他们头顶。此刻整个机舱里渐渐变得安静，到最后连一根针落在地上也可以听见。所有人的手，不管认识不认识，都紧紧地握在了一起，好像这样飞机就能够拥有力量，顺利到达机场。还有乘客在大声祈祷，内容变成了给飞行员足够的运气，保证飞机不会掉到海里。

在黑暗的机舱里，想着这架飞机正慢慢落向大海，所有人都觉得时间过得太慢，简直度日如年；同时又盼望时间最好能够停止，让飞机有更多的时间赶往小岛基地。也许这就是死亡的威力：等待死亡远比死亡本身更令人感到恐惧和绝望。

紧急降落

驾驶舱内,机长和副驾驶终于与基地指挥部取得了联系。这时的飞机距离跑道还有100多千米,对于一架失去燃油的飞机来说,这段距离显得那么遥远。

"这里是亚速尔群岛拉日什机场,环大西洋236,我们在雷达上看到你们了。你们离拉日什基地还有185千米。"军事基地指挥官戈尔给出了飞机要走的距离。

◎亚速尔群岛上建有一些军事基地,这是飞机能够到达的最近的降落机场

"好的,谢谢,我们会再联络你。"德克·德·亚格似乎看到了希望,他转过身对着机长说道:"我们的时间应该还够,我们的方向也正确无误。"

◎消防车和救援车已经准备完毕，等待A330紧急降落

"是的，密切关注航向和高度，现在高度近8000米。"罗伯特·皮切聚精会神驾驶着飞机。

两分钟后，副驾驶德克·德·亚格又开始呼叫基地："236呼叫拉日什指挥塔。"

"拉日什指挥塔收到，环大西洋236请讲。"

"你们能在雷达上看到我们吗？"

"可以在初级雷达上看到。确认你们在128千米外。方向正确，请保持航向。"

"拉日什指挥塔，我们正在寻找跑道，请描述跑道方向和长度。"

"环大西洋236重型客机。跑道在3-3，长度近300米，机场就在你们前方，看到后请通知我们。"基地指挥官有些兴奋，飞机的状况看起来还不错。

"我是环大西洋236。看不到机场，看到后会通知你们。"副驾驶回应道。

"好的，目前跑道周围天气状况良好。"基地通报了天气情况。

时间来到清晨6点25分，236号航班正挣扎着向拉日什军事基地靠近。地面紧急

◎经过艰苦的滑翔，机长已经能够看见基地的大致轮廓，希望就在眼前

◎为了抓住仅有一次的降落机会，机长使出浑身解数，努力让飞机飞得平稳

服务人员开始准备迎接这架进行迫降的民航客机。消防车已经在跑道周围待命，救援车也整装待发。

又过去了5分钟，机上雷达显示还有20千米，机组人员准备进行操作过程当中最危险的一步：让飞机落在跑道上。他们不能出现错误。失去动力后，飞机只有一次着陆的机会。如果错过了，或者飞过了跑道，后果将不堪设想。

"拉日什指挥塔，请告知我们的距离和天气。"

"收到，环大西洋236重型客机。初级雷达显示你们还有13千米，空速280节。能见度很好。你们应该很快就能看到机场。"

透过A330驾驶舱的前舷窗，拉日什岛的轮廓在清晨的第一缕阳光中时隐时现。机长罗伯特·皮切心头暗喜，虽然飞行经验丰富的他也从未驾驶过没有动力的飞机执行过迫降任务，但最起码可以有跑道进行尝试而不是在波涛汹涌的大海里。

"机长，RAD最低速度140节。起落架伸展最高速度200节。"副驾驶提醒机长迫降已经近在眼前。

"好的，我们最后一分钟再放起落架，好吗？"机长用了征求意见的口吻。

"好的。一切听你的安排。"副驾驶回答道。

罗伯特·皮切转了一下头，看着自己的搭档，说了一句意味深长的话："德克，你知道吗？你是我工作中遇到的最好的飞行员。"

副驾驶想了一下，只轻轻说了两个字："谢谢。"

拉日什基地的雷达上，236号航班已经接近区域的中心点，这说明飞机就在岛屿的附近，也许马上就可以用肉眼看见。接下来的几分钟，将决定这架客机的最终命运。基地上的人此刻做不了什么更有意义的事情，唯有祈祷飞机顺利降落。但失去了动力，巨大飞机的降落何谈容易？没有再次拉起复飞的可能，没有引擎反推力的辅助作用，没有空中主动减速的措施，成功的几率可想而知。

机长看着远方的基地，努力把高度和速度缓缓降下来。他尽量轻柔地动作，让飞机沿着大弧线靠近基地，以此减缓速度。与此同时，机长命令副驾驶打开辅助机翼，增加飞机飞行仰角。客舱里的乘客不明就里，当他们看到飞机绕着岛屿打转迟迟不能降落时，恐惧和紧张又占据了他们的内心。这时飞机离地面大概不到1200米，乘务员接到机长的通报，飞机要在一分钟内降落。消息传达到客舱乘客的耳朵里，大多数人都认为真正的灾难最终降临了。许多乘客闭上双眼，用手臂抱住脑袋，默默等待飞

◎飞行员把飞机对准跑道，开始了一次惊险无比的迫降

机迫降的最后一刻。

罗伯特·皮切一边驾驶飞机做大角度转弯的动作，一边在计算飞机高度和速度。按照空中客车的降落规程，无动力迫降时飞机速度最多不能超过200节，理想的状态应该在150～170节。但庞大的客机急剧坠落，飞机速度远远超过了极限值。罗伯特·皮切要把速度尽量降低，同时还要考虑失去的高度，避免在最后时刻功亏一篑。此时的机长心无旁骛，连副驾驶提醒他注意速度的警告也充耳不闻，他使出了浑身解数，把飞机调整到了正对跑道的位置。

"德克，打开起落架！我要降落了！"不知为何，罗伯特·皮切的声音竟然有些兴奋。

"不行，机长。飞机的速度太快！有可能掉进跑道尽头120米的悬崖下，如果不能及时停住，我们就死定了！"副驾驶双眼盯住速度仪，提示飞机不能降落。

"但是这个跑道很长，我们有足够的时间制动。"

"制动力太大，飞机会发生翻滚。"副驾驶还是担心飞机速度。

"不能再等了！飞机没有高度了。"机长下定了决心。

德克·德·亚格迅速读出各种数据，告诉机长飞机的信息："起落架已放下……已经锁定。三个绿灯。没有襟翼。只有紧急制动。扰流器无效。无反推力。高度300米，速度195节。"

"高度90米,速度197节。"德克·德·亚格已经相当紧张。

"60米,200节!速度太快了!"副驾驶大叫。

跑道就在机头的下面,在罗伯特·皮切眼睛的余光里,他还看见了黄色的保障车和消防车。旁边的搭档显然已经高度紧张,报告速度的腔调已经变形。奇怪的是,此刻他自己并没感到多么恐惧和紧张,他甚至有些期待这次不同寻常的降落。看着笔直宽阔的跑道,罗伯特·皮切眼睛放光,嘴里大叫着:"让我们来吧!"他稍稍抬起机头,驾驶着A330冲上了跑道。

◎基地的直升机在空中盘旋,观察飞机的降落,以便指挥官及时反应

在基地指挥官戈尔的眼里,这次降落真是够惊心动魄。从接到紧急援助请求之后,这位也是飞行员出身的指挥官就一直关注着236号航班的一举一动。机上载有300多条人命,一旦发生危险,谁也负不起这个责任。当A330出现在基地上方的时候,戈尔紧张到了极点。他拿着望远镜观察,看到飞机绕着基地转了两圈,但速度似乎没有明显下降。最后,显然是驾驶员下了最后决心,飞机以高速成功迫降在了拉日什军事基地。接下来就出现了开头惊心动魄的一幕。

无奈的英雄

在飞机停稳的那一刻,玛格丽特欣喜若狂。她知道自己和丈夫已经安全了,机上所有的人都保住了生命。尽管接地的瞬间,飞机的撞击力让她感觉五脏六腑都发生了移位,但很快飞机就停住了,自己身上也没有任何伤口。客舱内有些乘客的行李被甩了出来,除此之外没有任何设施被破坏。这真是一次奇迹!玛格丽特抱着雅皮的头,忘情地不住亲吻自己的丈夫。

"我们安全了!我们成功了。成功了!"有乘客从座椅上跳了起来,看见谁就拥抱谁。还有的乘客振臂高呼:"飞行员万岁!"所有人都陷入了重生的喜悦,大家被这种气氛所感染,有些人又开始哭泣起来。

乘务员们此刻都迅速行动起来,她们让客舱里所有的乘客都马上离开飞机:"大家快点,马上下飞机!快点,快点。"

飞机舱门已经打开,紧急逃生滑道也已经就位,乘客们来不及庆幸自己的运气,就一个接一个从飞机上紧急撤离。在飞机起火的最后一分钟前,所有的乘客都从紧急出口逃了出来。

◎飞机成功迫降后，救生舷梯打开，乘客们纷纷从这里逃生

◎全世界的媒体都被这次事件所吸引，争相报道这次奇迹般的逃生事件

驾驶舱内，德克·德·亚格抬起头，看到机长把头埋在双臂里，一言不发。激动的年轻人解开安全带，摘下头上佩戴的耳机，欠起身过来拥抱机长。罗伯特·皮切说道："我说过会没事的。谢谢你，德克，你的表现完美极了。"两个人相视一笑，在空中来了个庆贺的击掌。

所有人都离开飞机之后，清点人数的结果令人感到欣慰：机上306名乘客和机组成员全部生还，仅有9人有一些轻微的擦伤和损伤。大西洋航空公司236号航班在遭遇燃油耗尽、引擎停车的严峻情况下，机长罗伯特·皮切、副驾驶德克·德·亚格以及其他机组乘务人员成功地进行了迫降，机上人员和飞机本身均安然无恙。

◎葡萄牙、加拿大和法国各方联合起来,对这次事故展开了调查

消息一经传出,遇险的236号航班就吸引了全世界媒体的注意。人们蜂拥而来,争相采访这次奇迹的主角——罗伯特·皮切和德克·德·亚格,希冀从他们那里知晓更多关于这次事件的信息。面对记者的询问,两位飞行员相当低调。他们只是强调自己的职责,并且还说"本可以有更好的机会挽救乘客"。这句话引起了记者的关注,但当他们意欲刨根问底之时,两位当事人又守口如瓶,不再回答。回到加拿大之后,社会各界纷纷邀请这两位飞行员参加各式各样的活动。人们都在四处传颂,赞扬这对飞行员挽救了300多人的生命。

在闪光灯和赞美声的背后,葡萄牙、加拿大和法国的交通部门迅速展开了事故原因调查。调查小组很快就成立起来,并对封存的飞机进行了初步检验。初检很快证实,这架空中客车所有的油箱都是空的。是什么原因让这架现代化的客机在如此短的时间内失去了17吨燃油?如果真是油箱发生了严重泄漏?那么,到底在哪里发生了泄漏?

来自空中客车制造公司的法国代表首先表示了因飞机设计及制造造成事故这种说法的怀疑和否定。他告诉调查小组,空中客车A330-200型号的飞机都内设自动防故障装置,因此由于漏油导致引擎双双瘫痪是不可能发生的!

问题摆在调查人员的面前,他们仔细观察引擎燃油系统,很快找到了答案。漏油

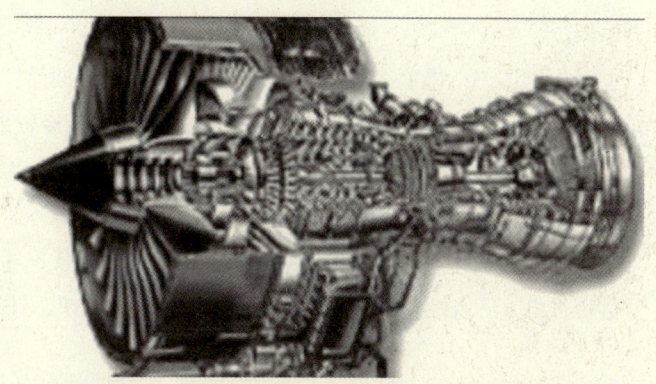

点在右引擎的旁边。236号航班的空中客车在维护的时候使用了一种液压管,相对于飞机标配的输油管来说,这种液压管要细一些。由于液压系统内的震动,这个液压管和较大的输油管发生了摩擦。最后,大管子出现了裂缝,或者

◎调查显示,飞机引擎上的一个不恰当零件引起了燃油泄漏

说不仅仅是裂缝,还有洞,可能最终导致了管子的破裂,造成了引擎大规模的燃油泄漏。

随着调查的深入,调查小组发现,不是设计上的问题,而是维修出现了错误。分析引擎修理日志时,他们发现了一个惊人的错误。8月17日,跨大西洋航空公司将这架飞机的右引擎拆下来维修,并装上了劳斯莱斯公司送来的一个替代装置。劳斯莱斯提供的引擎没有配备组装液压泵,跨大西洋航空公司的技术人员就用一个老引擎的部件替代了,但这个部件并不合适,那些管子互相摩擦了5天,终于有根管子在大西洋上空发生了破裂。

就因为一个小小的管子,300多条人命差点丧生在茫茫的大海上。这出悲剧本可以不用发生,跨大西洋航空公司首席技工证实,他曾对用另一个组装液压泵做替代表示担心。事故发生5天前,他向上级提到过这一点。但公司认为,这架飞机必须回去载客,不能等待缺失的部件,维修只能用替代液压泵。

◎正是由于维修技师的疏忽,一个小小的管子使飞机引擎出现了泄漏事故,差点造成巨大灾难

和其他大多数空难一样,商业利益至上的本能驱动,才是所有航空事故及灾难的最主

要原因。

当一切调查结果摆在跨大西洋航空公司管理层的面前，航空公司为错误维修公开承担了责任。这次事件对跨大西洋航空公司造成的直接后果是，支付25万美元的赔偿金，并且减少航空公司可以运营的某些线路。雄心勃勃想占据更大市场的跨大西洋航空公司遭受重创，受到了应有的惩罚。

事故发生后，空中客车调整了油量失衡检查表。从现在开始，计算机会根据飞行计划检查机上所有油箱的油量。如果引擎耗油速度过快，计算机就会给出明确警告。

劳斯莱斯重新发布了服务公告，警告所有客户禁止将两个相似部件拼装在一起。

一年后，2002年8月，罗伯特·皮切和德克·德·亚格受到了国际宇航学会总部的邀请：他们因为创造了民航史上驾驶无动力空中客车飞行距离最远的纪录而被授予嘉奖，获得了国际飞行员协会最高荣誉。

◎两位飞行员罗伯特·皮切和德克·德·亚格因为成功挽救了乘客生命，获得了国际飞行员协会最高荣誉

这是一次非凡壮举，也是一次无奈的绝地逃生。高科技让当代飞机更加安全可靠，但也导致了诸多问题的出现，跨大西洋航空公司236号航班就差点酿成大祸。先是维修技师违反规程，擅自替代飞机部件，接着是公司利欲熏心，不听取首席技师的建议；飞行员过于自信，不相信计算机的警报，出现了判断失误，最后是盲目转移燃油，使两侧油箱全部枯竭。这些错误同时出现，注定了飞机要遭遇灾难。万幸的是多亏指挥中心最初让飞机偏南60千米以避免交通拥堵，灾难发生时，236号航班才得以在最后一分钟到达亚速尔群岛，否则就只能在海里迫降。如果真是那样，历史上定将增添一起更加悲惨、损失更为巨大的空难。

1996年10月2日，一架波音707客机从秘鲁首都利马飞往智利的首都圣地亚哥，突然失去控制，飞机机载电脑的数据出现混乱，自动驾驶系统也不能工作，两位驾驶员只能被迫进入盲飞状态。经过30分钟的可怕飞行后，这架飞机一头扎进了太平洋……

第六章

盲目飞行

引 子

一块只值2美分的胶布，造成价值7500万美元的飞机坠毁，还有70人丧生，并最终导致秘鲁国家航空公司倒闭。这就是空难史上著名的秘鲁236航班空难事件。

由于飞机底部接收外部信息的端口被胶布堵住，飞行员无法看到正常的飞机仪表读数。在等于失去全部正确判断的情况下，两位飞行员在徒劳的20分钟挣扎后，还是不可避免地把飞机开到了大海里。机上所有人员全部罹难，无一幸免。

这块酿成大祸的胶布，本来有4次机会可以被人们发现。但正如所有的空难原因一样，连续的错误叠加在一起，最终变得不可挽回。形同虚设的管理制度，责任心极差的监督检查人员，加上恰巧出现的偶然因素，这块本来早就该被发现的胶布随着飞机飞上了天空。正如事后调查人员所说：负责任的不应该是这块胶布，也不仅仅是贴这块胶布的人。

发疯的飞机

1996年10月2日早晨，起了个大早的莫纳斯·阿兰波特心情愉悦。对他来说，今天是一个重要的日子。他的妹夫，同时也是他的生意伙伴肯尼将要从秘鲁回国。这次，肯尼为他们带回来了几单大生意。如果一切顺利，明年一年秘鲁的客户将要从公司进口超过200万美金的产品。作为贸易商人，没有什么能比这个消息更令人感到满意和欢欣鼓舞了。

莫纳斯·阿兰波特的公司设在布宜诺斯艾利斯市的商业中心，主要经营农副产品，主打产品有龙舌兰酒和羊毛纺织品等。刚刚50岁的阿兰波特十几年前继承

◎莫纳斯·阿兰波特是一个成功的商人，他的妹夫肯尼是他工作上的得力帮手

了家族的庄园，成为家族产业的领头人和负责人。经过多年的努力，他不仅使庄园的生产年年提高，还建立了自己的贸易公司和销售渠道，使得庄园出产的产品卖上更高价钱。这次妹夫肯尼就是为了产品销售才出国拜访客户。莫纳斯·阿兰波特只有一个妹妹，兄妹感情很好。作为自己唯一的妹夫，肯尼也深得莫纳斯·阿兰波特的喜爱。在公司里，这位精明勤勉的年轻人是仅次于阿兰波特的二号人物。

莫纳斯·阿兰波特吩咐家人采购食品和鲜花，准备为肯尼摆一桌丰盛的家宴，好好犒劳这位有功之臣。肯尼乘坐的航班应该在上午抵达，看了看时间还早，莫纳斯·阿兰波特来到客厅，指挥佣人准备家宴。就在这时，管家莱斯利匆匆忙忙跑了进来。他脸上的表情和欲言又止的动作让莫纳斯·阿兰波特有了不祥的预感。莱斯利走过来，趴在主人的耳边轻声说了几句。莫纳斯·阿兰波特一边听着管家的低语，脸上已经变得铁青和万分严肃起来。管家带来一个极坏的消息——警察局通知：就在凌晨，肯尼乘坐的航班坠毁在秘鲁首都利马附近的海域上，目前人员伤亡的准确信息不详，当地政府和军队已经展开了营救。听到这个消息，想着自己妹夫在大海上生死未卜，莫纳斯·阿兰波特焦急异常。他命令家人停止布置午宴，决定尽快赶往秘鲁。这位伤心的庄园主一边准备行李，一边做着最坏的打算。他不知道，如果一旦肯尼真命丧黄泉，他要如何把这个消息告诉体弱多病的妹妹。

◎秘鲁603次航班上大概有70名乘客

秘鲁首都利马，地处太平洋东岸，是世界上仅次于开罗的建立在沙漠地区的大城市。这里虽然一年中很少降雨，但却四季宜人，是秘鲁的旅游胜地。利马也是秘鲁的交通中心，全国的高速公路几乎都以利马为起点，1985年兴建的乔治·查维斯国际机场是南美重要的航空港，开辟有通往阿根廷等南美各国和美、法、德以及北欧诸国的航线。

1996年10月2日,智利商人肯尼决定乘坐秘鲁603次航班返回祖国。他5天前离开智利来到秘鲁洽谈商务,很幸运,客户追加了明年的订单,而且数量巨大。兴高采烈的肯尼兴奋异常,在电话里告诉了老板莫纳斯·阿兰波特之后,他购买了2号的机票,想着尽快回到智利的家中。在秘鲁,10月份的初秋是一年中最美好的季节。天气凉爽宜人,空气中时时飘荡着花香。许多游客会在此时来秘鲁旅游,10月份是这个山地国家旅游黄金时期的开始。这次出国商贸十分顺利,肯尼高兴之余抽了些时间去大肆购物。他给妻子买了黄金饰品,给孩子们准备了食品与玩具,大包小包买了一大堆。39岁的肯尼非常热爱自己的家庭,他如此努力工作,就是为了自己的家庭生活安康。得到自己的好消息后,妻子的哥哥,也是自己的老板莫纳斯·阿兰波特在电话里显得非常高兴。能得到他的嘉许,肯尼对此心满意足。

◎驾驶603次航班的两名飞行员是秘鲁航空公司中最优秀的机组人员

午夜12点30分,秘鲁航空公司的603次航班正在机场等待最终的起飞命令。这次航班将从秘鲁首都利马的乔治·查维斯国际机场起飞,前往智利的首都圣地亚哥。执行这次航班的是一架服役4年的波音707客机,其可靠性和安全性都首屈一指。驾驶603次航班的是秘鲁航空公司中最优秀的两名飞行员,58岁的机长埃里克和42岁的副机长大卫。

这架飞机上共有 61 名乘客和 9 名机组成员，大多数乘客都是回家的智利人，另外还有来此旅游及商务的外国人。智利商人莫纳斯·阿兰波特的妹夫肯尼也在其中，他坐在飞机的中部。虽然时间已到午夜，但想着很快就可以回到家中，肯尼没有丝毫睡意。

午夜 12 点 40 分，一切准备就绪后，603 次航班副机长大卫向塔台请示起飞。

"利马塔台，秘鲁航空 603 次航班准备起飞，15 号跑道。"大卫发出了准备起飞的要求。

"603 次航班，启动噪音消除装置，风力稳定，上 15 跑道，准备起飞。"塔台确定了 15 号跑道可用。

"15 跑道，15 跑道，收到。"副驾驶重复着跑道命令。"转向 15 跑道，起飞请求完毕。"

庞大的波音 707 客机滑上了跑道，在巨大的发动机轰鸣声里，这架现代化的大飞机冲上了夜空。从

◎起飞一切顺利，乘客们的情绪都很轻松

舷窗望出去，笼罩在灯光下的利马城流光溢彩。肯尼看着五彩斑斓的城市灯火，心里暗自赞叹这座城市别样的魅力。

起飞非常顺利，机长埃里克和副驾驶大卫对此都感到高兴和满意。这对配合默契的搭档互相开起了玩笑，驾驶舱洋溢着轻松愉快的欢乐气氛。

飞机飞离机场后，要在规定时间内升到预定高度，进入固定的航道飞行。在刚刚起飞时，603 次航班飞机的运行状况一切顺利。这架波音 707 客机是波音公司的王牌产品，是当时最新的电脑控制的飞机。飞行员可以在 707 上依靠一套中央数据系统进行飞行，这可以有效避免机械和人为的失误。从这款飞机下线以来，它的安全性和驾驶的便捷得到了业内广泛的赞誉。秘鲁航空 603 次航班的机长埃里克非常喜欢和信任这款飞机，他驾驶 707 已经超过了 600 小时。机长观察着仪表资料和显示屏，对飞

的状态感到满意。他对身边的搭档，副驾驶大卫说道："动力正常。"

"是的。引擎运转正常。速度80。"大卫一边说一边给飞机计算机输入数据。

埃里克把自己更深地陷入座椅中，用最舒服的姿势驾驶飞机。结束今天这个航班后，一个长达10天的假期在等着他。作为一名经验丰富的商业航空公司飞行员，休假简直就是一种奢侈。机长对自己即将到来的假期感到非常高兴，他有许多计划想在这空闲的10天去做，但最想的仍是待在家里陪伴家人。每天在天空上飞来飞去，飞行员的职业让埃里克与家人聚少离多。他打开保护盖，扳下了自动驾驶系统的开关钮。707飞机上有3台飞行控制电脑，如果这些电脑的数据都完全相同，自动飞行系统就可以启动，大大减轻飞行员的工作强度。

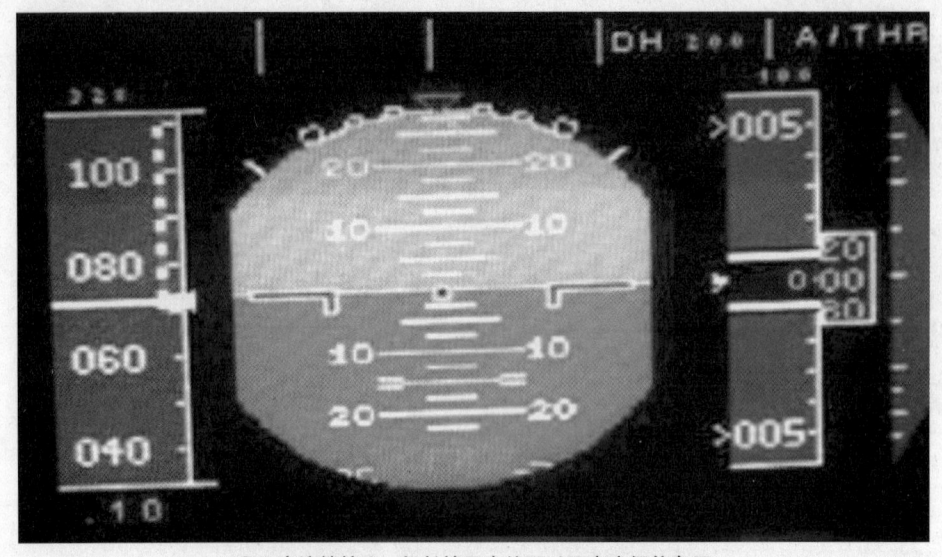

◎飞完这趟航班，机长埃里克就可以回家度假休息了

"埃里克，你看看这个。"副驾驶大卫的声音让稍稍走神的机长注意起来。

"什么事？"埃里克看着大卫问道。

"数据显示不太正常。高度表好像出问题了！"

机长低头观察高度表数据，果然发现飞机有些异常。从机场起飞已经几分钟了，按理说飞机目前的高度一定超过1千米，但数据表的显示却只有80米高。这个数据肯定是错误的，但为何会这样呢？飞机起飞前一直表现正常啊？

机长觉得很奇怪,他之前没有遇到类似状况。"也许高度表卡住了吧。"埃里克既像是喃喃自语,又像是征求搭档的意见。

"也许,这个高度明显不对。我们此时应该已经超过 1 千米了。"副驾驶也认为高度表出现了问题。

就在两人迷惑不解,不知问题出在何处的时候,高度表上的数据突然发生了变化,指针不可思议地指向了"0"。

在飞行员的驾驶舱内,波音 707 客机配备有 3 个高度表,机长一个,副驾驶一个,另一个作为备用,但现在三个都显示为"0"。高度表显示的是飞机距离地面的高度。虽然现在他们不知道飞机具体的高度,但已经起飞的飞机不可能还待在地面上。

"怎么回事,难道飞机没有爬升?"机长大声嚷道,他有些恼火了。

"注意!空速显示器也失去了作用。"大卫吃惊地叫道。

此刻,秘鲁航空公司 603 次航班的驾驶员遇到了麻烦。驾驶舱内的高度表和空速显示器都出现了异常,飞行员既不知道飞机的所处高度,也不知道飞机的飞行速度。由于飞机机载电脑的数据出现混乱,自动驾驶系统也不能工作。此时飞机已经逐渐消失在利马市区的灯光中,没有了高度表和空速显示器,两位驾驶员只能被迫进入盲飞状态。

"联系塔台,我们需要帮助。"机长命令副驾驶马上联系地面指挥中心。

致命失误

12点44分,利马机场塔台指挥中心收到了秘鲁航空公司603次航班的紧急呼叫,飞行员在飞机刚刚起飞之后就发出了警报,这绝不是什么好消息。副驾驶传来的讯息令人感到迷惑,起飞前经过检查的飞机突然出现异常,飞机的仪表显示全部都乱了套。在塔台的雷达屏幕上,603次航班处于正常飞行状态,而飞行员却说目前对飞机的高度和速度全然不知。由于自动驾驶系统也同时关闭,这种盲飞状态对于航班来讲极其危险。塔台一边分析可能导致异常的原因,一边给航班机组人员发去雷达上显示的飞机高度及速度。一般来讲,只要飞机没有出现严重的机械故障,飞机完全可以在空中盘旋待命,以等待问题解决。

两位飞行员此时又接受到飞机新的警报。波音707发出了"马赫数修正"的警报信息。"马赫数修正"是一套用来调整飞机机位的系统。它会改变飞机尾部水平稳定器的角度,这是飞机达到更高航速时必须采取的措施。飞机的电脑系统由于不明原因出现异常,飞行员不能准确判定飞机的航速。这套系统给出了错误的显示,所以他们看到警告说他们超速了,但实际上情况并不是这样。在地面指挥中心看来,飞机的飞

◎塔台接到了航班发出的飞机异常报告,他们也不知道问题的原因所在

◎失控的仪表让603次航班无法继续航程,只好中断飞行返回机场

行没有什么问题,而驾驶舱的飞行员却感到形势紧急。

"这些维修工都对飞机干了些什么?我们上次返航的时候还一切都是好好的!"驾驶舱里警报声此起彼伏,埃里克咒骂了一句,心烦意乱地怀疑是飞机维修工搞坏了飞机。

"是啊,按说飞机不应该这样。以前从未出现这种情况。"副驾驶看了一眼机长,不知如何解释这种状况。

"他们把一切都搞砸了。我们天天那么辛苦飞来飞去,而他们就在地面上成事不足,败事有余。"机长埃里克真的生气了。在他的飞行生涯里,如此不可思议的情况也没有遇到过。一架载着几十人的飞机，安全问题是头等大事，可现在却面临着危险。

仪表上混乱的数据仍然没有变得正常，由于无法解决仪表显示异常的问题，两位驾驶员决定中断航班，飞回机场实施降落。事后看，这个有些草率的决定加速了这次灾难的进程。

塔台也被突发的紧急事件搞得一头雾水。技术专家和维修人员给出了几个潜在的原因，但显示异常的问题还是无法解决。最后，地面指挥中心接受了航班的要求，准许603次航班返场着陆。

"飞机出现了紧急情况。我们要求紧急着陆。"副驾驶不断呼叫塔台，语气焦急。

"603次航班，我是利马！问题仍然没有改观吗？"指挥人员盼望在重新启动飞机电脑系统后飞机能恢复正常。

"还是这样！飞机所有基本仪表、高度表和空速显示器都失灵了，并且我们接到了新的马赫数修正警报，飞机速度可能不够。"大卫告诉塔台形势危急。

"收到，你们目前的高度是多少？"

"不太清楚。我们可能飞到了300米以上，大约有500米。"

"603次航班，可以准备着陆。如有可能，请把频率调整到119.7，确保能收到雷达指令。"塔台作出了航班着陆的决定。

12点46分，在离开利马仅仅40千米后，秘鲁航空公司的603次航班开始尝试进行第一次紧急着陆。处于盲飞的机组人员需要帮助，他们要得知飞机的正确数据才能实施降落。虽然离开机场才几分钟，但在茫茫黑夜之中，找到机场无异大海捞针。

"大卫，我需要你的帮助。自动飞行已经断开了，我们需要地面提供正确的高度和速度。你现在把频率调整到119.7，随时与塔台保持联系。"机长看着副驾驶，还算镇定地说道。

"好的，我们返回机场。"大卫心里默默祈祷，希望能够顺利降落。他调整了无线电频率，开始对地面呼叫："利马，603次航班呼叫。"

"603次航班，我是利马。"

"我们要求启动仪表着陆系统，在第15号跑道迫降。"副驾驶加快了语气。

"明白，保持现有高度。等待地面命令。"塔台回应道。

"我们目前的高度是多少，仪表读数为1000米，正确吗？"大卫对飞机上的高度表已经不再信任。

"这个数据准确，请保持高度。"指挥人员回答。塔台的雷达显示他们在 1500 米，这是一个安全的高度。

"好的。如果从雷达上看到我们的位置，请通知我们的空速。我们的空速表显示为零。"副驾驶要求地面提供准确的飞行速度。

"好的，明白。给我一点时间，我要计算你们的飞行速度。"塔台需要时间，因为需要电脑通过飞机运动，才能计算出飞机的真正空航速度。

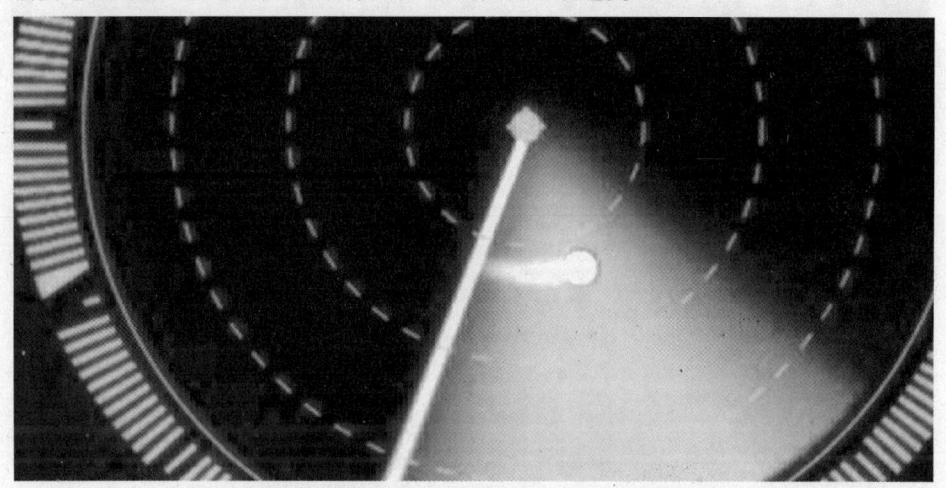

◎塔台人员可以借助雷达的帮助算出飞机的实际速度

几十秒钟后，塔台给出了回答："10 秒钟内，你们好像从 1500 米高度，以 22 千米的速度向南沿 195 航线开始爬升。"

"好的，明白。非常感谢。"大卫暗自庆幸，他们的飞行方向、高度和速度看上去都正确。这是个好消息，表明他们的紧急降落有了个良好开端。大卫转向机长，说道："埃里克，地面的信息表明我们的航向正确，现在高度 7000，航向是 190。"

"好的，谢谢你，大卫。"机长听说这个消息，也稍稍觉得安心一些。他握紧了操纵杆，保持着航向和速度飞向机场。事实上，此时飞机并没有飞向机场，而是向着利马城的海岸线飞行。

所有人都在此时犯了错误，驾驶员和交通管制员都不知道，界面显示的高度并不正确，这个数据来自飞机上失灵的电脑。交通管制员本来是想帮助驾驶员，但是他接收到的高度信息是错误的。他从机长的高度表上接收到显示数据。空中交通管理系统之所以会把不正确的高度读数发给飞机，是因为飞机的高度表会通过机载计算机将飞

◎塔台把错误的信息传递给了航班机组人员,对潜在的危险毫无觉察

机所在的显示高度传给雷达系统。交通管制员从控制中心看到这个数据,然后把这个读数发回给飞行员。问题是地面和飞行员都以为是飞机仪表不能正确显示,而实际上飞机根本没有提供真实的数据。地面指挥中心以为他们的数据没错,借助无线电联络可以帮助飞行员得到及时的信息。问题就出在这里,当飞行员把最后的希望放在地面上时,指挥中心却把错误的信息传达给了机组人员。信息的来源本身就有问题,这个信息本身就是错误的。悲剧就这样变得不可逆转,603次航班上的全体人员正在飞向死亡的深渊。

肯尼坐在舷窗旁,飞机起飞时利马的夜景让他感到心旷神怡。利马这个城市对他并不陌生,正是在这里,他结识了自己现在的妻子,可以说,这座美丽的城市带给了他爱情和幸福。

7年前,还是一名普通职员的他来利马出差,那是在一次贸易博览会上,肯尼作为公司派出的代表来参会。会场上人头攒动,热闹非凡。鬼使神差一般,就在这拥挤的人潮中,他结识了一位漂亮安静的智利姑娘,也就是日后他的妻子莫纳斯·兰妮。兰妮是跟随哥哥莫纳斯·阿兰波特来到秘鲁参会的,她负责接待客户和整理资料。

遇到肯尼时，这位有着一头鬈发和大眼睛的男青年给她留下了良好的印象，巧合的是两人竟然都住在布宜诺斯艾利斯，而且只隔着几个街区。两人回国后，对兰妮念念不忘的肯尼打来了电话。虽然肯尼只是一位普通的贸易代表，但兰妮被他的热情和才华打动，两位年轻人开始了他们的爱情。一年半后，

◎肯尼坐在舷窗边，欣赏着利马城美丽的夜景

这对恋人走进了婚姻的殿堂。兰妮的哥哥莫纳斯·阿兰波特非常疼爱自己的这个妹妹。虽然家族对肯尼的平凡家庭背景颇有微辞，他还是自始至终支持妹妹兰妮。二人结婚后，阿兰波特更是对肯尼委以重用，把销售的重任交给了自己的妹夫。

　　想着这些往事，肯尼不禁露出了笑意。他觉得上天很眷顾他，给他带来了幸福的家庭和体面的事业。唯一美中不足的就是兰妮生完最小的孩子后身体不是太好，虚弱的她如今待在家里，安心作一名相夫教子的主妇。离开才几天，肯尼就非常想念妻子，他毫无睡意，心中回味着与兰妮相识相恋的那些美好情景与时光。穿着制服的乘务员走了过来，帮助邻座的一位小朋友盖好毛毯。飞机并没有满员，乘务员的工作显得游刃有余。在飞机起飞后不久，很多乘客都准备进入梦乡，他们并不知道，此时飞机正像一只瞎了眼的大鸟，在漆黑的夜空里盲目飞行。

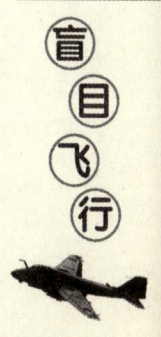

坠毁

603次航班遇到危险，地面指挥中心开始行动，寻求解决的办法。波音707客机出现这种故障，对于秘鲁航空公司来讲也是一个从未遇到的问题。当晚值班的公司飞行安全主管亚历山大第一时间接到了消息，他赶到指挥中心的雷达屏幕前，希望能找出让飞机安全返回的办法。亚历山大与利马塔台建立了联系，随时从塔台接收最新的航班飞行情况。传来的消息令他感到沮丧：飞行员不断汇报飞机信息混乱，并且情况越来越糟。当机长最终提出紧急着陆的要求时，亚历

◎塔台告诉603次航班，稍后会有一架飞机前来引导他们返回机场

山大知道事情已经不可能有什么转机了。必须让飞机返航，必须保证机上几十人安全回到地面。塔台与亚历山大的意见相同，但问题是航班得不到正确的信息指引，一架不知道高度、航向和速度的飞机如何安全回场降落呢？和机组人员一样，地面上的工作人员也忧心如焚。失去眼睛的603次航班还在夜空中挣扎，当务之急就是让飞行员得到正确的指引。也许，唯一的方法就是利用另一架飞机护航，引导603次航班安全回港。

亚历山大调出当晚的飞行计划表，快速搜寻可能担负这一艰巨任务的其他飞机。一架1点05分起飞的波音707飞机跳入他的眼帘。这是一架飞往欧洲航线的客机，此时正在跑道待命，准备起飞。同为波音系列的飞机，707也许能够在空中给予603次航班帮助。虽然在黑夜护航充满未知和风险，但眼下这是最后和唯一的机会。亚历山大拨通了利马塔台，把这一计划通知了塔台指挥员，并要求对方做好相应准备。塔台当然明白其中的风险，但除此之外也别无良策。经过紧急而简短的评估，塔台同意了这一紧急措施，开始向603次航班的机组人员通报这一计划。

"秘鲁航空603次航班，有一架波音707正在起飞，我们会通知它引导你们，请做好相应准备。"塔台希望这一消息能够带给飞行员希望和信心。

"好的，但我们目前无法确定飞机位置，所有的仪表信息都不准确，并且我们收到了新的失速警报！"副驾驶大卫语气慌张。

"需要告知你们目前的速度吗？"塔台回应。

"是的，飞机现在显示速度350节，远没到失速的状态，但失速警报一直在响。"大卫对失

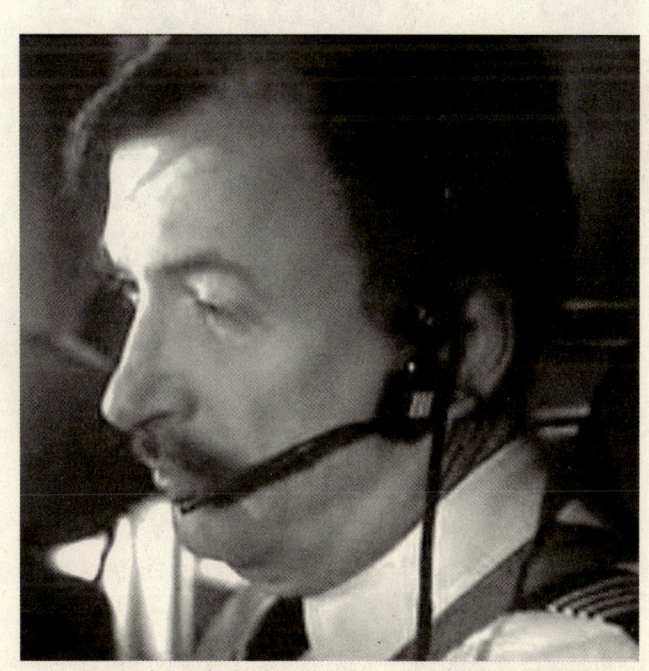

◎副驾驶大卫告诉机长，他认为飞机的失速警报是错误的

速警报感到迷惑不解。

"雷达显示你们目前速度确实为350节，航向195，高度3000米。"塔台飞快报告相关数据。

"这个高度准确吗？我们怀疑飞机正在损失高度。"603次航班的飞行员此时对一切都感到了怀疑。

"是的，你们高度是10000，空速为320节。"塔台确认了飞机的数据。

副驾驶与塔台通话后，认为飞机的失速警报是错误的。他急促地对机长埃里克说道："我们根本没有失速，失速警报是错的。"

"能确认吗？现在操纵杆也在震动，也许我们真的失速了。"埃里克怀疑警报的信息并不是如此准确。

◎不断响起的警报搞得两位飞行员手忙脚乱，疲于应付

体量巨大的飞机完全靠机翼产生足够的升力才能飞行，一旦当飞机在空中的飞行速度降到一个临界点时，它就很难再继续维持飞行状态了，这时就会出现失速，也就是引擎停止或飞机停止飞行。当飞机燃料耗尽或者引擎出现故障时，飞机就会陷入失速的危险。603次航班没有出现这种状况，但飞行员失去了飞机空速仪表的准确数据，飞机的速度完全靠飞行员的经验掌握。这导致飞机自身的警告系统发挥作用，发出声

音警报，同时操纵杆也会出现震动。机长埃里克的估计没错，操纵杆的震动正是飞机失速的表现，这表明飞机的速度已经降低到了危险程度。作为飞行规程的规定，驾驶员此时必然会立即进入飞机失速恢复程式。

机长埃里克手推操纵杆，加大了飞机油门，波音707开始加速飞行。很快，驾驶舱内的失速警报解除，不断闪烁的红色警灯总算消失了。副驾驶大卫正在频繁与塔台对话，同时还要兼顾驾驶舱的仪表监测。虽然几乎所有的仪表都陷入疯狂的错乱状态，他还是希冀能给机长一些正确的帮助。

"利马塔台说我们高度10000，航向也没有问题，我们也许能在15分钟内找到机场。"大卫额头已经渗出汗珠，急促地对机长说道。

"大卫，我正在加速，你需要塔台告诉我们准确空速，飞机现在很难操控。"机长大声回应。

◎此时乘客对飞机遭遇的险境一无所知

"好的,我马上联络塔台。"副驾驶用手背擦了一把头上的汗,继续进行无线电联络。

将近午夜1点了,603次航班的60多名乘客对他们所处的极度危险状况仍然一无所知。机组人员正在与疯狂的飞机搏斗,他们没有时间也没有可能通知乘客飞机目前的危险。肯尼感觉到飞机有些颠簸,但很快就又恢复了正常。邻座的旅客已经发出了轻微的鼾声,机舱内很安静,乘务员也停止了飞机服务。一切看上去都很正常。

驾驶舱却是另一番慌乱景象,飞行员在得到片刻安宁后又遭遇新的警报。在机长提速不久之后,707飞机又莫名其妙发出了超速警报,显示屏上的红灯不停闪耀,发出尖利的报警声。

"妈的,这飞机究竟怎么了?"埃里克再也不能忍受,恶狠狠地咒骂起来。"大卫,飞机现在又超速了,你知道我们现在空速多少吗?"

"正在联系塔台,我让他们提供空速数据。"副驾驶手忙脚乱地回答道。

"看在上帝的份上,请快些提供我正确的空速,一切简直都疯了。"机长脸色铁青,他的耐心已经到了尽头。

现在,驾驶员不清楚自己所在的位置、高度和速度。当失速警报解除后,超速警报又响起。这犹如一个人被蒙上双眼在黑夜里驾驶失控的汽车,已经到了火烧眉毛的危险境地。

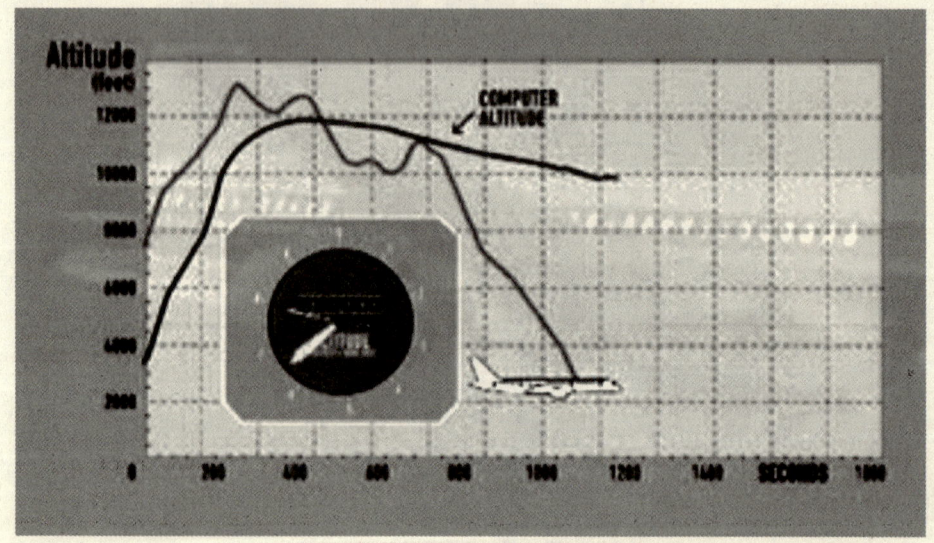

◎失速警报与超速警报交替响起,603次航班的飞机在飞行员犹豫之时渐渐失去了高度

飞机失速固然有坠毁的危险，超速也同样极度危险。客机体量庞大，由各个部件组装而成的飞机在高度状态下会发生剧烈抖动。如果持续时间过长，各连接部位会产生断裂，严重的会引起飞机解体。机长埃里克当然深知超速的潜在危险。超速警报让他更加心烦意乱。在很短的时间内，飞机相继发出失速又超速的警报。飞机发出失速警报，这表示飞机正在急速下降，但与此同时超速警报也在响，这两个相互矛盾的警报是不可能同时响的，也就是说要么是失速，要么是超速。这一切使情况变得更加混乱，而且这种问题以前从未出现过，这是一种新出现的紧急情况。迷惑不解的机长让副驾驶大卫迅速翻查飞行手册，以寻找发出警报的原因。与此同时,机长埃里克打开减速板,希望迅速降低飞机的速度。

◎由于仪表失灵，603次航班偏离了预定的航线

这个看上去正确的措施其实起到了相反的作用，减速板的打开加速了飞机的危险之旅。由于飞机空速表失去了作用，错误的超速警报使得飞行员继续降低了飞机的飞行速度。此时航班已经处在危险高度，而不断降低的速度加速了飞机的坠落。调查人员后来发现603次航班当时是在下降，而高度表却显示他们保持在将近3000米的高度飞行。利马的空中交通管制员继续尝试引导603次航班顺利返回机场，然而交通管制员给出的高度数据是错误的，这是波音707客机的机载电脑提供给塔台的错误数据。

"秘鲁航空603次航班，你们目前的高度是3000米，航向多少？"塔台又发出了询问。

"飞机目前的航向是205，如果仪表没错的话。"副驾驶的语气充满了沮丧和疲惫。

"明白，你们正在慢慢向右转，对吗？"塔台的雷达上603次航班还在闪烁。

"不是的，我们仍然保持目前航线飞行。"大卫回答道。

"雷达显示你们距离机场30千米，你们需要航向来启动定位器，对吗？"塔台继续询问。

"是的。"机组人员回答。

"这个航线有偏差，你们必须将航线调整到向北360。"塔台给出新的航向。

"360吗？我们根本无法从仪表设备上获得数据。如果可能的话，请为我们提供飞机的高度和速度。"飞机上的要求仍然是提供真实高度。

"好的，请继续飞行。"塔台认为603次航班正在朝向正确的航向飞来。

时间来到凌晨1点零3分，筋疲力尽的飞行员已经与失去眼睛的飞机搏斗了近20多分钟。他们没有片刻安宁，各种警报莫名其妙地相继响起，飞行员的冷静随着体力的消失也渐渐到了极限。就在飞行员和塔台都认为603次航班正在朝向正确的方向飞行之际，飞机其实已经偏离了航线。机场近在咫尺，但603次航班永远也无法抵达了。

凌晨1点零5分，因持续失速的波音707发出了恐怖的近地警报，这也是当晚603次航班的飞行员听到的最后一个警报。事后发现的语音记录器记录下了当时发生的场景。现在看起来，飞行员至死都没有得到正确的飞行信息。失灵的仪表显示让飞机最终坠入大海，导致了这起悲惨的空难事件。

"高度太低，近地。高度太低，近地。"驾驶舱里的近地警报凄厉而清晰。

"天哪！这是怎么了？"机长埃里克大声叫起来。

"高度太低了。机长，我们高度太低了。"副驾驶也听到了近地警报。

◎经过与飞机20多分钟的较量,飞行员的体力几乎被消耗殆尽

驾驶员收到了最可怕的警报,也就是近地警报。这说明飞机随时都可能撞向地面,但塔台却告诉他们高度是3000米。

"塔台不是说我们高度3000米吗?"埃里克叫道,"不是刚刚才确认吗?为何会有近地警报?"

警报仍然在响,驾驶舱内一片混乱,两位飞行员已经被各种警报搞得头昏脑涨。尽管对近地警报表示怀疑,但机长在最后时刻还是把飞机转向大海,以避免和山体或高层建筑发生碰撞。随后,交通管制员发现飞机改变航线,飞离了利马。此时,负责引导603的飞机已经在跑道开始滑行升空,交通管制员想通知机长埃里克,他不断呼叫航班,但没有收到任何回复,无线电通讯里,只有令人不安的沙沙声……

小零件大悲剧

1996年10月2日早上，传来了这架秘鲁航空公司航班出事的消息。秘鲁政府展开了营救行动，直升机在海面上仔细搜寻，希望能找到幸存的旅客。但一切努力都是徒劳，除了找到9具漂浮在水面上的尸体，其余乘客则随着波音707客机沉入了海底。由于事发时正值深夜，事发地点又在海上，救援行动很难在第一时间找到幸存者。可以判断的是，飞机坠毁的时候很多人还活着。在水面坠毁的飞机，往往很多人刚开始都可以活下来，然后再死于溺水。可以想象，603次航班的罹难者，一定是在绝望和恐惧中走向了死亡。这一点，无疑加剧了这起空难的惨烈程度。

◎秘鲁政府的直升机在海面搜寻，但他们没有发现生还者

事件发生后，秘鲁人古德被任命为事故调查员，他是一位刚刚退休的航空技术专家。这起坠机事件是他接手的第一个案子，尤其令他感到悲伤的是，603次航班副驾驶大卫就是他的亲侄子。坚强的老人没有被可怕的现场景象吓倒，对侄子的哀伤之痛也被抛之脑后。他需要调查清楚这起事件的原因，这是他能为侄子大卫做的最好的事情。

调查开始后，古德需要找到飞机的飞行记录和声音记录，由此寻找真相。负责协调调查的美国海军用遥控深海探索器对残骸现场进行了搜索，找到了可以解开谜团的黑匣子。黑匣子保存完好，里面的信息毫发无损，这为调查人员提供了最有价值的证据。根据数据记录器、驾驶舱声音记录器的资料，调查人员分析了机长和副驾驶员所说的每一句话。他们发现，飞机当时碰到了飞行速度和飞行高度的问题。失去了对这两个最为关键数据的了解，603次航班的坠毁显然可以理解。但问题是，是什么原因导致了这一切的发生？

◎在美国海军的帮助下，调查人员找到了飞机上的黑匣子

随着飞机残骸的不断发现，调查人员找到了关键证据。在波音707机体底部的一块残骸上，人们发现机长一侧的端口被一块胶布完全封住了。正是这个小小的胶布，使得飞机在起飞之后就陷入了疯狂，最终酿成了惨剧。

飞行平台系统在各种大小的飞机上都有装备。机舱外端口测量的是机舱外的气压，并由此提供高度和速度信息。如果这些端口被堵塞不能正确测量数据，机载电脑就会

◎飞机残骸显示，胶布贴住了静态端口，使得仪表读数纷纷失灵

得到错误的数据，并发出错误的警报。负责当天飞机维护的所有相关人员都受到了调查和询问，真相也随之浮出水面。

原来，在603次航班从利马起飞前，地勤人员对飞机做了一次快速清理。一名喷漆工在工作结束后用胶布把静态端口盖上，以免有水进入系统，这是标准的工作程序，但他忘了把胶布撕掉。随后，负责复检的检查员也犯了错误，他没有发现这块小小的胶布。巧合的是，本应该值班的监察员当晚也因为生病没有上班，第三关的检查也就无从谈起。即便如此，这起空难也完全有机会避免。按照规定，飞机起飞前机长或驾驶员有责任对飞机进行例行的机械检查。当晚负责的是机长，他应该围绕飞机转一圈，以确定没有差错，但遗憾的是，他也没有发现这个问题。胶布贴的位置非常高，距离地面有5米多高，夜间凭手电筒要想发现胶带很困难，碰巧这块胶布用的是不应该使用的通风管道胶带，这种银色的胶带和飞机机身的差别非常不明显，结果才造成三四个人都没能在起飞前发现飞机上的胶带。

接连的巧合叠加在一起，错误也就不可避免了。其实早在这起事件8个月前，另一架波音707客机也发生过类似事故。1996年2月，德国卑尔根航空公司的一架包机在从多米尼加共和国的波多普拉塔机场起飞后，坠毁在8千米之外，造成189人丧生。对残骸的调查发现，飞行平台系统的另一个关键部位——平台管受到了堵塞。在卑尔根空难事件发生3个月后，各航空运营商就收到了飞行平台系统的问题公告，但在603次航班坠毁的时候，对卑尔根空难事件的调查成果，还没有传达到秘鲁航空公司。

如果秘鲁航空公司能尽早得到卑尔根事件公告，也许就可以避免灾难的发生。但航空业的竞争使得各公司的沟通效率很低，不同的运营商之间并没有高级别的信息共享，兹事体大的安全信息更是各公司的保密重点。

不管怎样，乘客的生命就在这各种原因和各个环节中无辜失去。莫纳斯·阿兰波特事后得知了妹夫的噩耗，他的悲伤无以言表。当调查结论公之于众后，莫纳斯·阿兰波特尤其感到气愤。他不能理解，一块小小的胶布就永远带走了肯尼的生命。为了替妹夫找个公道，也为了给自己的妹妹一些慰藉，莫纳斯·阿兰波特开始寻求赔偿。1996年11月，一位迈阿密市的律师决定代表603次航班遇难人员提起诉讼，认

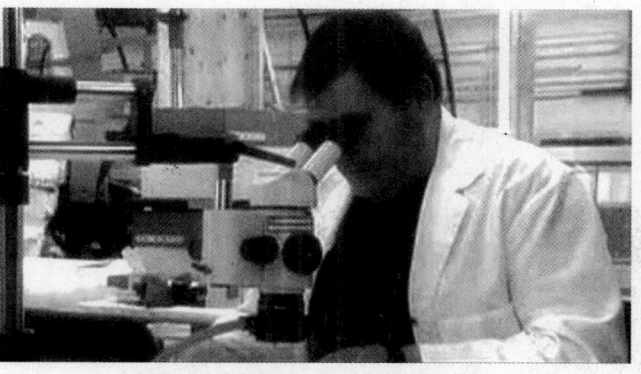

◎调查结论得出后，司法程序随之启动

定波音公司要为这起空难事件负责。因为他们能够预见到对自身产品错误使用后的危害，而这种错误使用是完全可以纠正的。司法程序也随之展开，事件各相关责任人都受到了起诉。

经过3年漫长的交涉和审理，1999年，波音公司和秘鲁政府决定进行庭外和解。603次航班的死者家属和亲友得到了巨额赔偿金，平均每位死者补偿100万美元。虽然只是事后的金钱补偿，也在一定程度上给了这些家属一些慰藉。空难的结果还没有最终结束，由于巨额赔付，本就债台高筑的秘鲁航空公司在1999年宣布倒闭。对事件负有责任的波音公司亡羊补牢，开始在全球对飞行员进行应对飞行平台系统故障的严格培训，同时发出了未经许可不能覆盖平台端口的技术公告。令人感到安慰的是，1996年之后，商业航空界就再也没有出现类似的故障。

一块毫不起眼的胶布，最后竟然导致了一场可怕的空难，我们的故事结束了，但留给我们的思考却仍在继续。我们都知道，应该负责的不是那块胶布，也不是那个工资微薄的油漆工人，尽管事后他因此事获刑7年。疏于管理和对科技的盲目自信才是飞机坠毁的真正原因。这起空难提醒我们，在充满风险的商业航空领域，所有从业人员都要高度树立安全意识，不放过任何潜在危险因素。只有如此，蓝天才会变得更加广阔和安全。